ソーニャ文庫

冷酷公爵の歪な寵愛

月香

イースト・プレス

contents

序章　005
第一章　024
第二章　052
第三章　100
第四章　189
第五章　280
終章　311
あとがき　315

序章

晩秋の月夜を一台の馬車が走っていた。

一本道の山道を行くその馬車に刻まれているのは双頭の狼の紋章。ロレンス公爵家の紋章だ。

馬車は、狼が棲む山の中腹を切り開き建てられたロレンス公爵家の屋敷へ向かっていた。

「きなくさいですね」

馬車の中で、キースが不満げに唸った。

ライデン・ブロンドがロレンス公爵の座に就いたのは、十七歳のときだ。二年後、イデアール伯爵令嬢アデールと結婚したが、彼女はライデンが二十三のときに亡くなった。

今日はアデールの三度目の命日にあたる。

本来なら彼女はロレンス公爵家の墓地に埋葬されるはずだったが、紆余曲折があり今は彼女の親元であるイデアール伯爵が指定した墓地で眠っていた。

ライデンは年に一度、半日かけて遠方にあるその墓地まで馬車を走らせる。今はその帰り道だ。日も暮れ、車輪の音に交じりどこからともなく狼の遠吠えが聞こえた。

『人殺しッ!!』

三年前、アデールの墓標の前でライデンをそう罵ったのは、彼女の父親であるイデアール伯爵だ。

ロレンス公爵家は王族の流れを汲む名門貴族だ。

貴族社会において高位の貴族に対し暴言を浴びせるなど、あってはならない。たとえ、訴えが正当なものであろうと、地位と名誉を重んじる貴族にとって下位の者からの叱責は、屈辱以外何ものでもない。しかも、名門であればなおのことだ。盾突いたことが世間に広まれば、ロレンス公爵の怒りを恐れ、誰もがイデアール伯爵を敬遠するだろう。

だが、ときには常識を覆してでも発せずにはいられない慟哭というものがある。イデアール伯爵を突き動かしたのは、娘の死だった。

アデールはライデンに殺された。

三年経った今も、世間はそれが真実だと信じている。

「今年のイデアール伯爵の態度は明らかに不審でした。慰謝料として渡している小切手の額を引き上げようと、毎年躍起になっていた男が、今年は不満一つ言わずあっさりと受け取ったばかりか、以前より伝えていた、来年から慰謝料を打ち切る件についても言及してきませんでした。あれは、何か腹に一物抱えているに違いありません」

キースがアデールの墓参りに同行したのは、ロレンス公爵家執事としてではなく、彼なりに思うところがあってのことらしい。

先ほどから「納得いかない」と言って眉間に皺を寄せているのも、自分が思っていた以上の収穫が得られなかったせいに違いない。

先の執事の息子であるキースは、ライデンと年が近いこともあり幼い頃から共に過ごしてきた。

「イデアール伯爵にとって、ライデン様に直談判できるのはこの日をおいてありません。にもかかわらず何も言ってこないのには理由があるからです。最近ではまたライデン様に関する噂も聞こえてくるようになりましたし、こちらも出所を探っている最中です。――ああ、噂と言えばライデン様。いつの間にか再婚の噂も出回っておりました」

「――くだらん」

どうせまた、母が勝手に騒いでいるのだろう。

アデールの喪に服している間も、関係なく再婚を勧めてくるような女だ。これまで幾度彼女の息のかかった令嬢が送り込まれてきただろう。

「ともあれ、投資に失敗し、イデアール伯爵の内情はますます火の車だと聞き及んでいます。なのに、あの余裕……。まったくもって怪しいですね」

キースは顎に手を当てて、訝しんだ。

丁寧に後ろへ撫でつけた薄茶色の髪、溌剌とした精悍な顔立ちに光る聡明さを感じる双眸、三十前の若々しさに対し落ち着いた物腰は、彼を非の打ち所のない男に見せている。

「どうでもいい」

くだらない、とライデンは早々に興味を失い、車窓のカーテンを開けた。

イデアール伯爵から最初の書簡が届いたのは、アデールの葬儀が終わってすぐだった。

ライデンへの非難と娘を失った父親の嘆きが綴られた文面は、同情と罪悪感を誘うにしても作られすぎていて胡散臭さしか感じなかった。

『ですが、あなたのお心次第では和解の余地があると考えております』

憐れな父親を演じることに陶酔しきっているのかと思いきや、三枚目に綴られてあった一文に辟易した。

つまりは金だ。

厚顔無恥とはあの男のためにあるような言葉だ。

その頃、イデアール伯爵が手を出した投資は多額の損失を出していた。ライデンに金の無心をしてきたのも、ロレンス公爵であるブロンド家の資産を当てにしてのことだ。

ブロンド家は貴族社会において異質な存在だった。滅多に表舞台に姿を現すことをせず、生涯を山深いロレンス領で過ごす。当然、貴族たちとの交流は薄いが、国王陛下からの信頼は厚い。

辺境の地に居ながらもロレンス公爵の発言力と権力は、ファリア国の建国以来陰りを見せたことはなかった。

その要因の一つに、ロレンス領にあるスピリカルトの鉱脈を管理していることが上げられる。

ファリア国でしか採れない希少な鉱石スピリカルトは、光の加減で虹色に発色するも、それ自体は無色透明だ。世界でもっとも硬い鉱石であるため、武器にも装飾にも用いられており、希少価値は極めて高い。ファリア国にとって重要な貿易資源だ。

ロレンス公爵の称号は代々スピリカルトの守り役として相応しい者が受け継ぐため、おのずと優れた者が就く。よって、国王の信頼も得られるのだ。

ライデンが愛人の子で、かつ次男という立場でありながらロレンス公爵になれた理由も、ロレンス公爵家のこの特異な役目のおかげだった。

家督（かとく）争いに敗れた兄は、正妻である彼の母と共に領土の端にある別邸に追いやられていたが、三ヶ月前、享楽（きょうらく）の最中に死んだ。薬物による中毒死だった。正妻もすでに故人となっている。

しかし、ライデンが口を噤んでいるのをいいことに、イデアール伯爵はどこまでつけあがる気なのか。

(いっそ公爵位を捨ててしまおうか？)

アデールの死をきっかけにいっそう世間と距離を置くようになると、これまで以上にライデンは孤高の存在となった。

今、ライデンのもとを訪れるのは、国王からの使者と下心を持つ者くらいだ。

金のために身を売ろうとする貞操観念の薄い令嬢も、自分の血を残すことに固執している母にも辟易させられる。

人に興味を持てなくなった今、再婚などするわけがなかった。

(三年か……)

何をしていたか記憶もない。流れる時間をたゆたっている間にそれだけの月日が過ぎていた。

ライデンは外の景色を見るともなく見た。

話に乗ってこないと知ると、キースは仕方なさそうに話題を変えた。

「とはいえ、あれほどの大金を顔色も変えずに出せるライデン様もたいがいです」

「はした金だ」

すべてライデンの私財からだが、キースから苦言をもらうくらいは払ったのだろう。

どうでもいいと言わんばかりの態度に、キースがしかめ面になった。

「ライデン様、あなたは国王陛下からロレンス領を治めるに相応しいと認められた方なのですよ」

「それがどうした」

「もっとご自分が勝ち取ったものに誇りを持ってくださいと申しあげているのです。伯爵ごときに要求されるがまま金を払い続けていれば、いずれ国王陛下にも知られることとなりましょう」

「そのときは相応しい者にすべてを譲り渡せばいい。私に継嗣は居ない。ならば、いずれはそうなる運命だ」

「ライデン様」

諫められ、ライデンは肩をすくめた。

若い頃に、必ず公爵位を勝ち得てみせると息巻いていた気概など、今や欠片も残っていない。公爵としての務めこそ果たしているが、その姿勢は褒められたものではないはずだ。

（――だが、力が湧いてこない）

心にぽっかりと開いた穴が埋まらない。

毎日、必要最低限の執務を終えれば、森に籠もっていた。

祖母が使っていたツリーハウスを改修し、動物と共に生きることが唯一の慰めになった。

自然はいい。それぞれがあるがまま、自らの生をまっとうすることにひたむきだ。ライデンはただ彼らの生を傍観していればいい。

無関心であるがゆえの快適さを覚えると、人の世界に戻るのが億劫になった。今では簡単な食事くらいは作れるほど、森での暮らしにも慣れた。

気がつけば使用人も三年の間でほとんど辞めていた。そのせいで、今残っている者たちだけでロレンス公爵邸を保つには限界に来ている。しかし、金は十分にあるが、人を雇い入れようという気にもならなかった。主がろくに帰って来ない屋敷は荒んでいき、今やロレンス公爵邸は狼の棲む山にそびえる幽霊屋敷となりつつあった。

「まったく面倒なものだな」

公爵位などさっさと譲り渡してしまいたいのに、周りは誰もそれを認めないのだから、厄介なものだ。

いっそ国王に直訴でもしてしまおうか。

キースに知られれば、それこそ目くじらを立てられそうだが、そろそろ何かしらの決断を下さなければならないのは明らかだった。

「滅多なことを口になさらないでください。誰が聞いているか分かりません」

「私とお前しか居ないだろう」

キースの用心深さをあざ笑うと、呆れた顔をされた。

「お父上が聞いていたら、青筋を立てられていることでしょうね」

「鞭打ちくらいはされただろうな」

父の手にはいつも馬を調教するための鞭が握られていて、満足な結果を出せなければ、容赦なくそれで子どもたちを打った。酷いときは、屋敷の地下牢へ放り込みもした。

父は、次のロレンス公爵を育てるためだけに、母親の違う二人の息子とその母親たちを同じ屋敷に住まわせ、すべてにおいて競わせた。

ライデンに許された生き方は、ロレンス公爵になることだけ。

幼少時代は疑いもしなかったが、本当にそれは正しい道だったのだろうか。

自分がロレンス公爵になったことで、一人の人間が悲惨な死をとげた。アデールが死んだのは、ライデンのせいに違いないのだ。

「ライデン様。アデール様の死は、誰にもどうすることもできなかったのですよ。あなたは十分手を尽くされた。最善を尽くしたと言ってもいいだけのことをされました」

ライデンは何も答えない。

今、ロレンス公爵家に残った者たちはキースを筆頭にみなライデンに同情的だ。アデールとの結婚生活を間近で見てきたからこそ、ライデンを批判しない。「仕方がなかった」と口を揃えてライデンを慰める。

けれど、そんな同情すら、ライデンには煙たいのだ。

——もう一度ロレンス公爵として立ち直ってほしい。

言葉の裏にある、彼らの願望を感じるからだ。

(立ち直って、また不幸な女を作るのか)

今の自分に誰かを慈しめるほどの余裕はない。——いや、心そのものが稼働していないのだ。何を見ても心に響いてこない。自分がどんな景色を見ているのかすら記憶に留められない。

なんとなく過ぎていく毎日しか送れない自分がどうして再び公爵として立てるだろう。

三年の間で、黒髪は背中を覆うまでに伸びた。ファリア国において漆黒の髪は王族にしか現れない。ライデンが幼少期からずっと長髪であるのも、王家の血を引く者としての証を周囲に誇示するためだ。

だが、それも過去の話。

今は単に切るのが億劫なだけだ。

「ライデン様、このままでは本当に爵位を手放してしまわなければいけなくなります。どうかお心を強く持って——……」

そのとき突如、けたたましく車輪が軋む音が響いた。

急停車の振動に、咄嗟に四肢に力を入れ身体を支える。

「何事ですかっ!?」

「も、申し訳ありません。突然脇道から少女が……」

　御者が言い終わる前に、外側から扉を激しく叩かれた。

「お願い、助けて！　追われているようなのです！」

　少女の切羽詰まった声に、ライデンとキースは顔を見合わせた。

　土地勘のある者なら、門扉こそないがこの山道がすでにロレンス公爵家の敷地であることは分かるだろう。山へ入る道と街に行く道は、麓で分かれているからだ。にもかかわらず、この道で助けを求めてくるということは、そうとは知らず迷い込んだよそ者か、迷い人を装っているか。

　キースの顔に緊張が走った。

「お嬢さん、落ち着いてください。どうされました？」

「ですから、道に迷っていたら、何者かに追われている気がして……」

「何に？」

「わ、分かりませんっ。逃げるのに精一杯で……っ。お願いします、助けてください！」

　今宵は満月だ。とはいえ、月明かりだけで追っ手の確認までできる者は少ない。もっともな主張だと思うも、ライデンはトン…と足を鳴らして御者に合図をした。

「……よろしいのですか？」

　少女を見捨てていいのかという問いであれば、答えは是だ。

「捨て置け。面倒を拾うことほど馬鹿馬鹿しいものはない」

少女の口ぶりは明らかによそ者だった。

賊の一味かとも思ったが、それならば森はもっと緊張に満ちているはずだ。ならば、外に居るのは少女一人だけ。だが、魂胆が分からない以上、扉を開けるのは危険だった。

幸い、この山に人間を襲う獣は居ないから残しておいても大丈夫だろう。

淡々とした物言いに、キースは仕方なさそうに苦笑した。

「お嬢さん。この道は一本道です。私たちが来た道を反対にまっすぐ行けば街に出ます。暗いので、足下にはお気をつけて。――では、出してください」

口調こそ丁寧だが、キースの導き出した結論はライデンと同じだった。

御者はライデンの非情さに戸惑っていたが、キースの号令に後押しされ、手綱を操った。

「え……嘘でしょう……っ」

走り出した馬車に、少女の驚きの声が響いた。

「ま、待って！　置いていかないでっ。本当に追われているんですっ!!」

慌てた様子で少女が馬車を追いかける。

しかし、人と馬の脚力の違いは一目瞭然で、またたく間に差は広がっていった。

「しんじ……ッ、信じられないっ!!　野犬にでも襲われたらどうしてくれるんですかっ！」

遠ざかっていく少女が叫ぶ非難の声は思いのほか大きく、車輪の音にもかき消されることはなかった。

「もぉおっ、非道――っ、冷血漢！　恥知らず――ッ!!　お願いだから、止まってくださ――い！」

罵倒と懇願が入り交じった叫びに、キースが噴き出した。

「貴様、不敬だぞ」

主への罵倒を笑うなど、執事にあるまじき行為だ。

ライデンは内心イライラしながらキースを見遣った。

だがそれも狼とは違う鳴き声を聞くまでだった。

「止めろっ！」

ライデンの号令に、馬車が急停車する。耳をそばだてて外の様子を窺った。

「――きゃ……」

聞こえたかすかな悲鳴に、ちっと舌打ちが出た。

「戻りますよ」

「――致し方ない」

キースが馬車を引き返すよう指示を出す。急いで護身用に積んであった猟銃を座席の足下から取り出し、銃弾が込められているのを確認した。少女が居た場所まで戻ってみれば、無数の獣の足跡を見つけた。

夜の景色に目をこらす。すると、森の中で動く気配があった。

「馬鹿め、森に逃げる奴があるか」

身体の動きが制限される森の中は、獣にとって絶好の狩り場になる。

人を襲う獣は居ないが、時折野犬が流れ込んでくるときがある。運悪く、少女はそれと遭遇したのだろう。

ライデンは迷うことなく森の中に分け入った。膝まで伸びた草をかき分け、気配を追い、声のする方へひた走る。聞こえる唸り声が大きくなった。

（あそこか――）

少女は木によじ登りながら、野犬の群れから必死に逃げていた。野犬の数は全部で六匹。木の幹にしがみつき少女を威嚇しながらも、枝の先を咥え引きずり下ろそうと躍起になっている。

ライデンは猟銃を構えた。

「去れ！　ここにお前たちの居場所はない！」

縄張りを踏み荒らされて黙っているほど、この土地の狼は温厚ではない。すぐに侵入者の匂いをかぎつけやってくるだろう。

猟銃の安全装置を外したときだ。野犬たちがその音に反応した。銃口を向けられているのを見ると、途端に少女を襲うのをやめる。まるで号令を待っているかのような動作に、ライデンは銃から顔を上げた。

(野犬ではないのか……?)

よく見れば、毛並みが艶めいている。鍛えられた四肢になめしたような短毛で覆われた姿態は、野犬というよりも、訓練された猟犬のように見えた。

だとしたら、なぜこんな場所に居て人を襲うのか。

そこに、別の気配が近づいて来た。狼だ。

ライデンの背後から近づく狼に、猟犬たちはたちまち尻尾を後ろ脚の間にしまい込んだ。いまだ闇に紛れている狼の唸り声に、一匹、また一匹と尻尾を巻いて逃げ出すと、残りの犬たちが後に続いた。脇を通り過ぎ、群れを追いかけていく狼は、ライデンに見向きもしない。

縄張りの外まで追いやる気だろう。

獣たちのことは、獣たちのルールに任せればいい。

(それよりも、今はこっちだ)

ライデンがしなければいけないのは、残された面倒事の後始末だった。

猟銃を下ろし、木の側に立った。

「降りてこい」

木の枝に縋りつき、恐怖に震えている少女を見上げて呼びかけた。さらり…と艶めいた金糸が薄いベールのごとく木の上から垂れ下がっている。

まっすぐな金色の髪をした少女が、怯えた猫のように枝の上で縮こまっていた。恐怖に震えて涙を浮かべている瞳は翡翠のように美しい。

月明かりの中でもハッとするほど際立った美貌だった。長い睫に縁どられた双眸から零れた涙が、柔らかそうな頬に伝っていく。大きな目は本当に猫のようだ。

「もう犬は居ない」

言い聞かせれば降りてくるかと思ったが、よほど恐ろしかったのだろう。ブルブルと震えていた。その目がライデンの持つ猟銃に注がれているのに気がついた。

(まるで野良だな)

苦笑いをしながら猟銃を足下に置く。

自分で危険に飛び込んでおきながら、つくづく面倒をかける奴だ。

「自分で降りられないのなら手を貸してやる」

そう言って、少女に手を伸ばした。

少女もおそるおそる手を伸ばした次の瞬間、木の枝が根元から折れる音と共に少女が落ちてきた。

「――――ッ!!」

慌てて少女を抱き留める。

「ライデン様、ご無事ですかっ！」

そこにようやく、息を切らしたキースがやって来た。

「遅いぞ」

「ご冗談を。これでも全力で追いかけたんですよ。半分森の住人と化しているあなたと一緒にしないでください」

ふんと小さく笑い、抱き留めたままの少女を見た。

「……寝ていますね」

「違う。気を失ったのだ」

極度の緊張と予期せぬ事故を思えば当然だろう。

(だから面倒だと言ったのだ)

はぁっと息をついて、少女を揺らした。その拍子(ひょうし)に俯いていた顔がぐらりと上向く。

木の隙間から差し込む月明かりに、金色の髪が艶やかに煌(きら)めいた。

くっきりとした目鼻立ちが美しい。紅を差していなくても赤く熟れた小さな唇と長い睫。女の妖艶さと少女が持つあどけなさとが入り交じった容貌は、十六、七歳といったところだろうか。

(なぜこんなところを彷徨(うろつ)いていたのだ)

少女は平民の装いをしていた。ならば当然、夜道を一人で歩く危険性も狼が棲む山道を歩くことの恐ろしさも知らないはずがない。

（またか……）

呆れよりも忌ま忌ましさがこみ上げてくる。

よそ者がロレンス公爵邸に続く山道を歩く理由など、一つしか考えられない。

（あの人も、愚かな人だ）

少女はこれといった荷物を持っていなかった。猟犬に追いかけられたときに落としたのかもしれないが、今は確認のしようがない。

「屋敷に戻る」

「よろしいのですか？」

その目は「面倒ごとはお嫌いなのでは？」と語りかけていた。

「――致し方ないだろう」

本音は放置して帰りたい。

だが、現状を考えれば見捨てるわけにもいかなかった。戻って来た猟犬に少女が襲われるのは勝手だが、狼たちの縄張りを人間の血で汚すわけにはいかないからだ。

狼たちも姿こそ見せないが、ライデンたちの動向を窺っているはずだ。

「騒がせた」

近くに居るだろう狼に詫(わ)びて、ライデンは森を出ていった。

第一章

ラベンダーの香りで目が覚めた。

ジュリアはゆっくりと瞼(まぶた)を開けるが薄暗さに交じる橙色(だいだい)のほのかな光は、まどろみから目覚めたばかりの目にはまだ眩(まぶ)しかった。

（……私、ランプをつけたまま眠ったのかしら）

何度か瞬きをして、寝返りを打つ。そのまま枕に顔を伏せた。息を吐くと、足先まで身体が緩んだ。ゆっくりとベッドに沈む身体をちょうどいい弾力が押し返してくる。

最高の寝心地に、うっとりする。

肌触りのよいシーツから漂うラベンダーの香りに、頭がすぅっと澄み渡っていくようだ。

（でも私、ラベンダーの香油なんて洗濯(せんたく)に使ったかしら）

しばらくじっと枕に顔を伏せていたが、ややしてのっそりと顔を上げる。

周りに視線をやれば、見慣れぬ支柱があった。反対側にも、足下にも同じものがある。

（どこなの……？）

ジュリアのベッドに天蓋はついていない。

両端のベッドサイドにはテーブルランプが柔らかな橙色の光を灯らせていた。あれはランプの明かりだったのか。

ならば、まだ夜なのか。

辺りは薄暗い。

身体を起こして、部屋を見渡した。

窓には厚いカーテンがかかっているせいで、外の様子が分からない。

（広いベッド）

ゆうに三人は寝られるくらいの大きさから、家主の裕福さがうかがい知れる。

ぼんやりとする頭を振り、昨夜の出来事を思い返した。

双頭の狼の紋章が刻まれた馬車を見たときの安堵は忘れられない。日も暮れ、薄暗い森の中を一人で歩くのは本当に恐ろしかった。

喜び勇んで扉を叩いたはいいが、ライデンはまったく不親切で、非情な男だった。

立ち止まったのも一瞬のこと、すぐに馬車で走り去ってしまったのだ。

ロレンス公爵といえば、謎の多い貴族として有名だ。貴族であっても彼の姿を知る者は少なく、冷酷非道で極度の人嫌い。彼が最後に人前に現れたのは三年前に死去したロレンス公爵夫人の葬儀のときだという。

しかも、亡くなったロレンス公爵夫人はライデンに殺されたという噂まであった。

(あの人がロレンス公爵様……)

いったい、どんな下劣な男なのだろうと思っていたが、月明かりの下で見たライデンは、ジュリアがこれまで会った誰よりも美しかった。

王族の血筋である証の漆黒の長い髪と、黄褐色をした切れ長の双眸。端正な顔に少しだけ困った色を滲ませながら木の上のジュリアに手を差し伸べてくれた。

(ここはロレンス公爵様のお屋敷なのかしら)

今、見知らぬ部屋のベッドに居るのなら、そうなのだろう。

(——よかった)

あやうく野犬の夕食になるところだった。

(でも、こうして助けてくれたってことは、噂どおりの人でもないのかも)

所詮は噂だ。

「う——ん！　よく寝た」

左腕を上へ伸ばし、右腕で左腕の肘を掴みながら、上半身を左右に捻る。背中がポキポキと音を立てる快感にホッと息をついた。

向かって左の壁には暖炉が備えつけられてあり、その上には精緻な細工の縁で飾られた鏡と、洗面の用意がされてあった。

(暖炉の火が残っているから暖かかったのね)

冬が近づく今の季節で、寒さに震えることなくぐっすり眠れたのなんていつ以来だろう。

ベッドから降りて、鏡の前に立った。

「ひどい頭」

毎朝のことだが、頭のあちこちに小さな鳥の巣ができている。癖のないまっすぐな金色の髪は、髪質が細いせいか寝ている間によく絡まるのだ。

用意されてあったブラシを取り、ゆっくりと毛先から髪を梳かしていく。

目の上で切りそろえられた前髪は、猫の目を連想させる大きな目をこれでもかと強調していた。

『ジュリアは美人になるぞ』

父の言ったとおり、年を重ねていくほどジュリアは美しくなった。

くっきりとした目鼻立ちも、小さな顔にやたら大きな目もそのままに、個々の存在を主張しながらも、不思議と統一感のある顔立ちになった。貧弱だった体つきも、初潮を迎えた頃から成長しだし、胸も人並みに膨らんだ。

そんな、十八歳になったジュリアを美人だと褒める者も居れば、生意気だと笑う者も居る。前者はジュリアの見た目だけを知る者たちで、後者はジュリアの性格を知る者だ。

事実、ジュリアは生意気だった。

大人相手であっても臆することなく自分の正義を口にする。物怖じしない態度を潔いととらえるか、煙たいと感じるかはその人次第だが、だいたいの評価は「生意気」だった。

ジュリアのことが気に食わない者たちは、必ずと言っていいほど姉のメアリーを引き合いに出し、ジュリアを貶めた。

同じ金色の髪と碧色の目をしていても、姉は柔和な顔立ちだ。人当たりもよく、好感を持たれやすい。淑やかでお行儀がいいのも、人に好かれる理由の一つだった。

(でも、だからって優しい人だとは限らないわ)

人が見ている姿などその者が持ついくつもある側面の一つだし、自分の一番いい姿を見せているのだから、好印象になるのは当然だ。

けれど、ジュリアには自分を偽ることができなかった。自分に嘘をついている気がして嫌だったからだ。

ジュリアは貿易商を営むロッソ家の次女として生まれた。姉のメアリーと弟の三人姉弟で、両親は子どもたちに深い愛情を注ぎ、ジュリアたちは伸び伸びと育った。

だが、三年前。幸福な家に突如不幸が襲った。

父の会社の輸送途中の船が転覆し、多大な損失を出してしまったのだ。父は昼夜関係なく、後処理に忙殺されるようになり、家の雰囲気も徐々に荒んでいった。

暇を出した使用人もいれば、自ら辞めていった者も居た。彼らがしていた仕事を自分たちでするようになると、着るものにも食べるものにも節約という言葉がついてきた。

贅沢しか知らない母は、環境の変化についていけず身体を壊してしまった。姉もまた贅沢を恋しがり、現状を受け入れられないで居る。幼い弟もギクシャクした雰囲気を感じて、最近ではあまり笑わなくなった。事業の再建に奔走する父に今以上の心配をかけさせないためにも、ジュリアが踏ん張るしかなかった。

学校を辞め、昼も夜もなく家族のために働いた。

へこたれそうになったことは一度や二度ではない。

家族にすら言えない秘密も抱えるようになった。

用意されていたタオルで顔を拭き、使った洗面用具を片付け、手櫛で前髪を整えれば、いつものジュリアの出来上がりだ。

翡翠のようだと褒められた碧色の瞳は、今日も力強い。

「よし」

気合いを入れたところで、改めて部屋を見渡した。

(それにしても、陰気な場所ね)

ジュリアは閉めきられていたカーテンを開けた。すると、朝の眩しい光が夜の闇を一掃する。

差し込んだ陽光が臙脂色の絨毯と白いベッドを照らした。神々しいくらいの輝きに目を細める。

「すごい……」

陰気に見えていた部屋は、博物館さながらの空間だった。

テーブルから調度品、壁の装飾やベッドの支柱に至るまで、この部屋は芸術品で埋め尽くされていた。

（なんて素晴らしいの……）

貿易商である父の仕事を側で見てきたからこそ、ジュリアの全身が粟立った。

今さらながら、自分がこの貴重な作品たちの中でのうのうと眠れていたことが恐ろしくなった。

もし父がこの部屋を見たら、卒倒するに違いない。

いくら世間から恐れられていても、ロレンス公爵家が名家であることは揺るぎようのない事実なのだ。

触れるのも憚られる気がして、ジュリアはよろよろとベッドに座り直した。

（私、考えなしだったのかもしれない……）

ぽすん…と後ろに倒れ込んだ。

　おそらく、他の部屋もこの部屋と同様の品々が置かれているはずだ。ジュリアが居る部屋だけが特別だとは考えにくい。

　素性も分からない者を貴重な作品で飾られた部屋に入れるはずがないからだ。

　まさかこれほどの財を所有しているとは思わなかった。

　勇んでやって来たはいいが、早くもロレンス公爵家の伝統と歴史に圧倒されている。

「おはようございます」

　ノックと共に扉が開き、使用人が入ってきた。

「あら、起きていらっしゃいましたか。お加減はいかがです？」

　慌てて身体を起こす。

　入ってきたのはふくよかな体型の婦人だ。年は母よりも十は上くらいだろうか。

「ええ、大丈夫。悪くないわ」

「お嬢様のお洋服は泥で汚れておりましたので、後ほど代わりのものをご用意いたします」

　言われて、自分がネグリジェを着ていることに今さらながら気がついた。

　すうっと背筋が冷えていく。

　誰が着替えさせたのだろう。

「ご安心ください。私がお世話させていただきました」

ジュリアの不安を感じ取ったのか、婦人がくすくすと笑みを零した。だが、その様子は心なしか気怠(けだる)そうに感じた。

疲れているのだろうか。

よく見れば、顔色もよくない。

婦人が持ってきた水差しを今までのものと取り替えた。

「お顔は洗われたようですね。お湯が遅れてしまい申し訳ありません。では、お洋服をお持ちいたします」

「あっ」

待って、と言う前に、彼女はジュリアの着替えを取りに部屋を出ていってしまった。

婦人は明らかに疲れていた。

ジュリアも朝の辛さはよく知っている。昨日の夜に終わったことが次の日になればまた最初から始まるのだ。

延々と続く終わりのない日常に、すべてを投げ出してしまいたくなったことも一度や二度ではない。

(母様……)

疲れた婦人の表情が家に残してきた母を思い出させた。

今頃、どうしているだろう。メアリーは家族を支えてくれているだろうか。

自ら望んで買って出た役目だったが、家族を思うと不安は募る。

だが、今のジュリアは家族の希望なのだ。失敗すれば、さらなる貧困が待っている。贅沢な生活に戻りたいわけではないが、家族の暮らしは楽にしたい。そのためにはお金が必要だった。

『一ヶ月以内にロレンス公爵の子を身籠もること。それが援助する条件だ』

行き詰まっていた父の事業に光が差したのは、数日前だった。

どこから聞きつけてきたのか、突然家を訪ねてきたイデアール伯爵が資金繰りに苦しむ父に条件付きの援助を申し出た。

聞けば、父とイデアール伯爵は血の繋がった兄弟であるらしく、折り合いが悪かったせいで長い間疎遠だったのだという。しかし、今度は苦境に立たされている父の話を聞きつけ、過去のわだかまりに目を瞑りやって来たのだと伯爵は言った。

後ろに撫でつけた白髪交じりの髪も、丸い顔立ちも、太った体軀も、父とまるで似ていない。兄弟と言われなければ、彼が伯父だなんて思えなかった。

イデアール伯爵は当初、ロレンス公爵の相手役にメアリーを指名した。優しげな顔立ちと控えめな性格に目をつけられたのだ。

『決して私の名前を出すな。疑いが向けられた時点で、援助の話は白紙に戻す。いいな』

イデアール伯爵が帰ったあと、テーブルには札束の山が残った。

今は喉から手が出るほど欲しいものを目の前にし、父も咄嗟に拒否できなかったのだろう。だが、当事者になったメアリーは違った。

『ひどいわ、お父様は私のことなんてどうでもいいのね。どうして私ばかり不幸にならなければいけないのよ……っ』

ロレンス公爵の悪評は今や誰もが知るところだ。妻殺しの子を身籠もらせるなど、イデアール伯爵はいったい何を考えているのか。

悲観し、背中を震わせ泣きじゃくる姉の姿を見かねて、ジュリアが名乗りを上げた。

『──父様、私が行くわ』

『待て、ジュリア。……っ、駄目だ。こんなことは間違っている！　金は返す。それがいい』

『それじゃあどうやって会社を建て直すの？　父様が毎日必死に金策に走っているのは知っているわ。けれど、──もう誰もお金を貸してくれないのでしょう？　イデアール伯爵はロレンス公爵の子を身籠もりさえすれば援助をしてくれると言ったわ。大丈夫、必ずやり遂げてみせるわ』

悪女を演じるなら、自分の方が似合いだ。

『私にうってつけの役目だと思わない？』

現にジュリアは過去に一度、メアリーの恋人の心を奪っている。メアリーが語る不幸の一つにはそのことも含まれているはずだ。

『見ていて、必ず成功させてみせるわ』

そう啖呵を切ったはいいが、計画なんてなかった。

人づてに聞くロレンス公爵の噂はどれもよくないものばかり。冷酷非道な妻殺し。人嫌いで、王族の証である漆黒の髪をしているということだが、もともと情報が少ない上に、ここ三年は公の場に一度も姿を見せていないとあって、どれもジュリアでも知っているような噂ばかりだった。

だが、ロレンス領へ向かう道中に、ジュリアは不可解な話を耳にした。それは、ロレンス公爵の屋敷が幽霊屋敷さながらのたたずまいだということではない。ごくまれに令嬢を乗せた馬車が山道を上っていくのを見かけるが、戻ってきた姿を見た者は一人もいないということだった。

(どういうことなの……？)

令嬢たちはどこへ行ってしまったのだろう。

一人悶々と考えていると、しばらくして、先ほどの婦人がジュリアの着替えを持ってやってきた。幾分顔色が戻っていたが、その分、息が上がっていた。

「……これを私に？」

用意されたのは淡雪を彷彿とさせる光沢のある白のドレスだった。ドレープにレース刺繍のフリルがふんだんに施され、首元とバッスルの膨らみにはリボンがあしらわれていて、清廉さが印象的だった。

「お気に召しませんでしょうか？　ですが、すぐにお召しになれるものはこちらしかありません」

豪華すぎる着替えに、とんでもないと首を横に振った。

メアリーなら手放しで喜んだだろうが、ジュリアは姉ほどお洒落に関心がない。

「少しくらい汚れていてもかまわないから、私の服を返してほしいの」

すると、今度は婦人がとんでもないと首を振った。

「汚れたものをお渡しすることなどできません」

「でも、これはアデール様のものではないの？」

「……お嬢様はアデール様をご存じなのですか？」

今のロレンス公爵家にドレスを着る者は居ないはずだ。ならば、これらが誰の持ち物なのかは少し考えれば分かることだった。

「だって、こちらはロレンス公爵様のお屋敷なのよね。彼の噂を知らない人などファリア国に居ないんじゃないかしら」

「世間ではどのような噂が流れているのですか？」

「それは……」

ライデンが妻アデールを殺したとされていること、冷酷で人嫌いなこと、ロレンス公爵邸が幽霊屋敷と呼ばれていること。そして、屋敷を訪れた令嬢が次々と消えていること。

だが、ロレンス公爵家に仕えている者を目の前にして口にしていい噂は一つもなかった。

「そ、そんな話より私の着替えのことよ」

ごまかすように話題を変える。

婦人が用意した着替えには、シュミーズ、ドロワーズ、ペチコートにコルセット、バッスルまである。

（初めて着るものばかり）

コルセットが必要な年齢になる前に父の事業が傾いてしまったため、ジュリアは正装をしたことがない。

淡雪色のドレスに目がチカチカする。生地自体に光沢のあるものが織り込まれているのだ。

着てみたくないと言えば、嘘になる。

お洒落に興味はなくても、ドレスは乙女の憧れだ。でも、このドレスを着るためには、あれらを身につけなくてはいけない。特にコルセットは、見ているだけで息苦しくなってくる。

「どうしてもと言うのなら、お仕着せでもいいの。というより、そちらの方がありがたいわ」

「ですが……」

「お願い。そうさせて？」

そう言って、ジュリアは婦人が広げたドレス一式を集めて彼女に手渡した。

（……熱い）

触れた手が思いのほか熱かった。驚いて顔を見れば、やはり赤くなっている。

「マダム、もしかして具合が悪いんじゃない？」

「いいえ、まさか。お気遣いくださりありがとうございます」

サッとドレスと共に手を引くも、浅い息づかいまでは隠せなかったらしい。刹那（せつな）、ふらりとよろめき、婦人がその場にくずおれた。慌てて、ジュリアが身体を寄せて支える。

「大丈夫!? あぁ、やっぱり熱があるのね。私の世話なんていいから、寝てなくちゃ駄目よ！」

言うなり、ジュリアは再びドレスをひったくった。

「これは私が戻しておくわ。だから、あなたはもう休んで。身体を壊したら、きっとみんなが心配するわ」

婦人の姿に、床に臥せった母の姿が重なってしまった。

「ですが……」

「いいから、そこに寝てちょうだい！」

　彼女の背中を押して、無理やりベッドへ入れる。

「誰か人を呼んでくるから待っていて」

「あ、お嬢様っ！」

「大丈夫、すぐ見つけてくるから！」

　何か言いたげな婦人を振り返り、にこりと微笑んで部屋を出た。

　ドレスを抱えながら人を探すも、屋敷は恐ろしいほど広く、そして静寂に満ちていた。

これだけの広さなら使用人はいくらいても足りないくらいだろうに、誰にも会わない。階段を下りたところで、ようやく厨房（ちゅうぼう）に人を見つけた。

　大きな窓から朝日が差し込み、広々とした空間に立ちこめる湯気が美味しそうな香りを立てていた。厨房に居るのは一人だけ。たくましい体軀（たいく）の大柄な男だった。

「あの！　こちらで働いているご婦人が体調を崩しているんですが、どなたにお伝えすればいいですか？」

「ジゼルがか？　そりゃ大変だ」

　婦人と伝えただけで、誰のことか分かるものなのか。

　察しの良さに驚いていると、男が指で辺りを指した。

「どこかにキースが居るはずだから、悪いが探して今のことを伝えてくれないか。俺は見てのとおり、手が離せない」

「え、あの。キースって誰——……」

ジュウッとフライパンで炒めものをする音に、ジュリアの言葉はかき消される。

忙しそうな姿を見て、これ以上はかまってくれないと諦めると、言われたとおりキースを探すことにした。

（でも、キースってどんな感じの人なのかしら？）

伝えてくれというくらいなのだから、婦人の上の立場の人だろうか。

再び、屋敷を彷徨い歩いていると、ふと廊下の窓から、テラス席に座る人の姿が見えた。

彼の傍らには給仕をする執事らしき人も居る。

（もしかして、ライデン様？）

遠目からでも彼だと分かったのは、漆黒の長い髪が見えたからだ。

キースが誰かは分からなくとも、ライデンに婦人のことを伝えればいい。

ジュリアは急いで、テラスへ向かった。

二階の南面に向いたテラスは左側から朝日が当たっている。その中に彼は居た。

長くまっすぐな黒髪が羽織った大判のケープの上で緩やかに揺れている。

テーブル席に着き、庭園を眺めながら紅茶を飲んでいる姿は優美で、息を呑むほど神々しかった。

世界中の美をその身に集約したような圧倒的な存在感は艶やかだった。長い脚を組み景色を眺める姿は悠然としているものの、胸が詰まるほど儚げに映る。透明感のある端正な顔立ちは、月明かりで見るのとはまた違った美しさがあった。

これが妻殺しと呼ばれる人の今の姿なのか。

ライデンからは悲しいほどに孤独感が伝わってくる。なのに、纏う雰囲気は信じられないくらい穏やかだった。

持っていたドレスが風に舞う。

淡雪色のドレスが朝日を受けて煌めいた。刹那――。

「――ッ、アデール……」

絞り出すような掠れ声を発し、ライデンが椅子を鳴らして立ち上がった。

秀麗な美貌に浮かんだ表情は驚愕というよりも、険しい。幽霊にでも遭遇したような蒼白な顔でジュリアを見ていた。

「え……？」

しかし彼はすぐに動揺を消すと、みるみる表情もなくなった。足早に近づき、間近からジュリアを見下ろしてくる。

「お前、盗人か？」

凜とした声音のせいか、一瞬何を言われたのか分からなかった。

（盗人……って、私が？）

　何を見てそう思ったのか。

　思わず、視線を辺りにさまよわせた。執事らしきいでたちの青年と目が合うも、彼は黙って目を伏せるだけだった。

　ライデンの視線が自分の抱えているドレスに向けられていることに気づき、ジュリアは慌てて首を振った。

「ち、違います！」

　とんでもない言いがかりだった。否定の言葉を叫ぶも、突然のことで声が裏返ってしまった。

「ならばそれは何だ。どこから持ち出した。使用人の目を盗み奪ってきたのだろう。私の馬車を止めたのも窃盗が目的か」

「ひ……ひどい！　あんまりだわっ‼」

　頭から決めつけてかかる言葉に、目を剝いた。

「わ、私はジュリア・ロッソ。これは今朝お世話に来てくれた婦人から着替えにと渡されたものを返しそびれているだけです！」

「見え透いた嘘をつくな。ジゼルがそれを持ち出すはずがない」

　ライデンもまた婦人と伝えただけで、彼女の名前を口にした。ロレンス公爵家の人たちの察しのよさに驚くも、それよりも、盗人呼ばわりされたことに腹が立った。

「本当だってば！」

すべて事実を話しているのに、ライデンははなからジュリアが盗んだと決めつけている。

なんて一方的な人だろう。

彼が素敵だったのは口を開くまでだ。

火のないところに煙は立たない。悪い噂があるのは、ライデン自身にも問題があるから
に違いない。自分はこれからこんな人の子を身籠もろうとしているのか。

「こんなところであなたと言い争いをしている場合ではないのっ。婦人が倒れたんです！」

ジュリアは視線を強めて、ライデンを見据えた。

「それも嘘だと思うのなら、今すぐ私が使った部屋に行ってみてください！　彼女がベッ
ドに居るはずよ」

「その間に、お前はドレスを持って逃げるつもりか」

「だから違うって言ってるでしょ!!」

まったく信じてもらえないことに業を煮やし、さらに声を張り上げた。

「助けを求めているのは私じゃない、あなたの使用人なのよ！　なのにどうしてひねくれ
た考え方しかできないの!?　私を信じられないのならそれでもいいから、早く彼女を助け
てあげて！　もし私の言うことが嘘だったら、そのときはどんなことでもするわ！」

ジュリアの切羽詰まった様子に、ライデンがにわかに目を細める。すると、成り行きを見守っていた執事らしき青年が、緊張した面持ちで頷いた。

「確認して参ります」

青年は足早にジュリアたちの側を通り過ぎていく。

「あの、あなたは——……」

いったい、誰なのだろう。執事のいでたちをしているが、名門ロレンス公爵家の執事にしては随分若くはないか。

あとを追いかけようとしたところで、ライデンに腕を取られた。

「どこへ行くつもりだ」

ジュリアが逃げ出すとでも思っているのだろう。

自分はそれほど信用できない容姿をしているのかと思うと傷ついた。これまでも、この見た目から生意気だと言われることはあったが、こんな屈辱は初めてだ。

人嫌いからくる警戒心だとしても度が過ぎる。

「彼女のところに決まってるでしょ！」

叫び、抱えていたドレス一式をライデンに押しつけた。

「あと、これはお返しします！　奥様の大事なものですものね！」

「おい、待て——……」

呼び止める声を無視して、青年を追いかけた。身軽になった分、足も軽い。

彼はまっすぐジュリアが使った部屋に行くと中に入っていく。その直後、「母さん!?」と声を上げた。

「あら……、キース。ごめんなさいね、こんなことになってしまって」

彼がキースだったのか。しかも、親子だったなんて。

「あのお嬢様が呼んできてくれたのね。お礼を言わなくちゃ。今はどちらにいらっしゃるの？　ちゃんとおもてなしはできていて？」

口ぶりだけ聞いていれば、キースよりもずっと執事らしい。

「そんなことより、無茶をするなと言ったでしょう？」

「そんなこととは何？　とても大切なことですよ。久しぶりにライデン様がお連れになったお客様ですのに、おもてなし一つしないままお帰りになっては、ロレンス公爵家の名に傷がついてしまうわ」

「ならば、他の者にやらせます。体調を崩している人は大人しく寝ていてください」

「あら、他の者とは誰のことなの？　この家に手が空いている者など一人も居ませんよ？」

親子のやりとりをジュリアは扉口にたたずみながら聞いていた。

ジゼルの言うとおり、ロレンス公爵邸は極端に人の気配が少ない。これほどの巨大な屋敷なのにジュリアが見た人の数は、ライデンを除いてたった三人だ。

「ライデン様には使用人を増やすよう説得します。これでいいでしょう？」

病人が無理をして仕事をしなければいけないほど、人手が足りていないのか。

(――そうだわ)

ジュリアはふとライデンの側に居るための方法を思いついた。

「あ、あのっ！」

勢い込んで声をかけると、二人が同じタイミングでジュリアを見た。

「私を雇ってくれませんか？」

その申し出には二人とも虚を衝かれた顔をした。

「いきなりごめんなさい。事情を立ち聞きしてしまったことも……。でも、ちょうど私もロレンス領の街に職を探しに行こうとしていたところなんです。でもどうやら道を間違ってしまったらしくて、そこをライデン様に助けていただいたんです！」

もちろん、でまかせだった。

だが、ロレンス領の街は鉱石が出ることで栄えていて、働き口を求める人たちが集まってくると聞く。この地でしか採れない鉱石スピリカルトがあるからだ。

ジュリアが職を探しに来たという理由もあながち不自然ではない気がした。

「まぁ、それは願ってもないことよ。ねぇ、キース。そうしなさいな！」

「母さんはちょっと黙っててください。――ジュリアと言いましたね。これまでに使用人の経験はありますか？」

「いいえ。ですが家事はひと通りできます！　どんな重労働でもやります」

ここぞとばかりにジュリアは自分を売り込んだ。

貴族に仕えた経験がないため、どんな仕事をするのかは分からなかったが、人の暮らしを支える仕事なら、どれも似たようなものに違いない。

ライデンの懐に入るための適当な手段が見つけられないでいたジュリアにとって、これはチャンスだった。

「ですが……」

「あなたも私のことを盗人だと思っているのですか？」

言いよどむ彼に問いかければ、ジゼルが眉をひそめた。

「どういうことなの、キース。なぜ彼女が盗人呼ばわりされているの？」

低くなった声音で、キースを睨んだ。

「あ……、いえ」

「お願いします。私、どうしても働き口が欲しいんです！　でないと、家族が路頭に迷ってしまうの」

たたみ掛けるように情に訴えた。嘘ではないが、真実でもない。

けれど、何としてでもロレンス公爵家に留まらなければ。

少し言葉を交わしただけでも、ライデンは偏屈で横柄な人だと感じた。彼に同じことを言ったところで、雇い入れてもらえるとは思えない。それならば、ジュリアに悪い印象を持っていなそうなジゼルに口添えをしてもらえる今の方が、ずっと取り入りやすいはずだ。

「あなたがこちらのお屋敷の執事なのですよね？　お願いします！」

「……確かに、私が執事ですが、決定権を持っているのはあなたの後ろに立っている方です」

そう言われ、背後に人の気配を感じて振り返ると、眼前に淡雪色の生地が迫っていた。

「う……ぷっ！」

ドレスを押しつけられてあやうく窒息するところだった。

「ライデン様、お聞きになったとおりです。いかがでしょう？　彼女を使用人として雇っていただけないでしょうか？」

ライデンは涼しい顔でその提案を聞き流すと、ジゼルを見た。

「お前がこれを出したというのは本当か」

「ええ、そのとおりです。私がお客様のお着替え用にとお渡ししました」

ライデンの鋭い眼差しにも臆することなく、ジゼルはあっけらかんとしていた。

「理由を聞こう」

「今お伝えしたとおりですわ。そちらのドレスは私がアデール様の形見分けとしていただいたもの。つまり、私のものです。ならば、私が誰にお渡ししようと私の自由ですわ」

　口調こそ穏やかだが内容は挑発的だった。

「まさか彼女を盗人呼ばわりしたのは、このドレスのせいですか？　事実を確認することもなく、そのように人を貶める言葉を口にするなど軽率ですよ。ロレンス公爵として恥ずべき行為です。今すぐ彼女に謝罪してください」

「母さん」

「それが嫌なら、彼女の願いを聞き入れてくださいまし。ジュリアは働き口を探しています。どうかこの屋敷で彼女を雇ってください」

　自らの主人に対して有無を言わせぬ物言いに、ライデンが言葉を詰まらせた。

　ライデンにはジゼルに対して強気に出られない理由があるのだろう。表情こそ動かないが、不機嫌な気配がひしひしと伝わってきた。

「お、お願いします！」

　ドレスから顔を出し、ライデンを見上げた。

「何でもします！」

「本人もこう言っていますし、今、この屋敷に勤める使用人たちがいかに優秀でも六人で屋敷を管理するには限界があります。渡りに船とはこのことだと思いませんか？　働き手が一人倒れた今、現状を維持するのは不可能となりました。この際、あなたの意向は二の次にさせてください」

キースからの援護は心強かった。彼がジュリアを雇うことに賛同した今、ライデンは完全に孤立した。

ライデンが、ベッドに居るジゼルを見てからジュリアを見遣った。

「彼女のことはライデン様にご迷惑をおかけすることがないよう、私と母が責任を持って監督いたします」

「ライデン様、どうかお願いいたします」

ジゼルからの懇願に、ライデンの表情がわずかに動いた。

あとはライデンの気持ち一つだ。

人嫌いのわがままを通すか、それとも主として使用人たちの負担軽減を優先させるのか。

じっと答えを待っていると、ライデンがすいっと目を逸らした。

「――暫定(ざんてい)だ」

言い捨て、踵(きびす)を返した。

「――それって……？」

ここで働くのを許可されたということなのか。

目を丸くすると、ジゼルがベッドの中で嬉しそうに頷いていた。

「よかったわね」

これで、イデアール伯爵の条件を満たすための足がかりができた。

「ありがとう、ジゼル!!」

嬉しさのあまり、ジュリアはジゼルに抱きついてしまったのだった。

第二章

翌日から、ジュリアは早速ロレンス公爵家の使用人として働き出した。

キースからひと通りの説明を受けたのち、仮雇用という形で雇用契約も結んだ。

メイドとなったジュリアには、お仕着せと個室があてがわれた。名門貴族の屋敷ともなれば、使用人にも個室があるのかと感動したのだが、単に部屋が余っているだけなのだとか。

改めて思うが、屋敷の広さに対して使用人の数がまったく足りていない。

メイドはジュリアとジゼルを除いて、あと二人いた。それでも、たったの四人だ。

使用人の数によって裕福さを誇示する貴族も多い中、ロレンス公爵邸には四人のメイドの他に厨房長と庭師が一人ずつ、あとは執事のキースだ。彼らは本来の役目以外にも、それぞれが協力しあい屋敷を保っていた。

庭師が御者になることもあれば、メイドたちが厨房長と共に料理を作ることもある。キースはライデンの執務を手伝いながら、ジゼルと共に屋敷の掃除も行っていた。

(ジゼルが倒れるのも無理ないわ)

使用人が一人増えたくらいでそれぞれの負担が軽くなることはない。だが、彼らはジュリアを歓迎してくれた。

雀の鳴き声も聞こえぬ早朝。

ジュリアは洗濯室で、半月に一度の洗濯をしていた。大きな釜の中にたっぷりと湯を沸かし、昨夜から水につけ込んであった大量のシーツを投入し、棒でひたすらかき回す。湯気と熱気が充満する洗濯室は蒸し暑く、汗が止めどなく流れた。

今の使用人の数では半月に一度の洗濯がやっとなのだとか。

とはいえ、毎日寝具を取り替えても十分暮らしていけるだけの予備があるのだから、さすが裕福な家は違う。

「暑……」

額から伝う汗を手の甲で拭った。

外は冬の気配が色濃くなっているのに、この部屋だけ真夏みたいだ。

一緒に洗濯をしていたジゼルがやはり汗を拭いながら頷いた。

「まだこれから七回もこれを繰り返さなければいけないと考えるだけで、痩せてしまいそうだわ」

ふくよかな体型を揺らしながら、すすぎをするジゼルもまた汗だくだった。昨日倒れたばかりだというのに、洗濯などしていて大丈夫なのだろうか。

「ジゼル、お願いだから無理はしないでね」

「はいはい。あなたもキースたちと同じことを言ってくれるのね。私は幸せ者だわ」

てっきりメイドの誰かが来るものだと思っていたのに、ジゼルが顔を見せたときには驚くよりも慌てた。こんなところをキースに見つかったらどうするつもりだ。あれだけ無茶をするなと言われていたのに。

「そう思うなら、せめて洗濯は違う人に代わってもらって。もしくは私が全部するわ」

ジュリアでも過酷だと思うのだから、病み上がりのジゼルにはさらに辛いはずだ。

「ずっとやってきた仕事ですもの。今さらこの程度、たいしたことないわ」

強がりなのかそうでないのか判断に迷うところだが、キースが見たら間違いなく雷が落ちる。軽く受け流せるジゼルはいいが、ジュリアに飛び火するのだけは勘弁(かんべん)してほしかった。

「あなた、手慣れているわ。家事をやっていたというのは本当だったようね」

「ふふっ、もしかして嘘だと思っていたの？」

棒をかき回す姿に感心されるとは思わなかった。

「嘘だとは思っていないわ。でも、所作が綺麗だし、話し方もスレていないから、あなたがひと通りの教育を受けてきたことくらい分かります。だから、他に理由があるのかしらと思ったのよ。だからこそ、あなたの力になってあげたいと思ったの」

間違ってはいないものの、下心があってのことだと知れば、彼女はどう思うだろう。

「もとはどちらに住んでいたの？」

「アルバンよ」

「港の街ね。交易が盛んでファリア国の玄関口にもなっているところだと聞いたことがあるわ。この辺りでは見られない珍しいものもたくさん入ってくるのでしょうね」

「もちろんよ。港には貿易国から毎日何隻（せき）もの船がやってくるの。港に並ぶ各国の船はそれはもう美しくて大きくて圧巻よ。外国の品々で市場は毎日賑（にぎ）わっていたわ。南国の果物に、新鮮な魚介類、塩や香辛料、茶葉。工芸品。活気に溢れた素晴らしい街だった」

ジュリアの父は、街でも屈指の貿易商だった。

あの事故さえなければ、今も港街の屋敷で暮らしていただろう。

「素敵ね。聞いているだけでワクワクしてきちゃうわ。ロレンスの街とはまた違った賑わいがありそうね。職を探そうと思ったのは誰かの紹介があったからなの？」

「え？　えぇ……、そうね。ここはスピリカルトで有名な土地だから、お給金もいいと思ったの」

つらつらと嘘が口から滑り落ちていく。

一つひとつは小さな嘘でも、やはり気持ちのいいものではなかった。

「そ、そんなことよりも、どうしてこんなに使用人が少ないの？」

これ以上は追及されたくなくて、ジュリアはずっと気になっていたことを口にした。

いくらこの屋敷が幽霊屋敷だと噂されていても、支払われる給金は申し分ない。ジュリアの家で出していた給金よりも多いのは間違いなかった。

「みんな辞めてしまったからよ」

「……ライデン様の噂のせい？」

でも、とジュリアは訝しんだ。

辞めていった使用人たちは屋敷で行われていたことの真実を知っていたはずだ。その上で離れていった理由とは何だろう。

「そうとも言えるし、違うとも言えるわね。いわく付きになった屋敷では働きたくないと言って辞めていった者も居れば、それ以前に辞めさせられた者も居たもの」

「誰に？」

「そりゃ、ロ、ロレンス公爵家の人によ」

奥歯に物が挟まったような口ぶりに、ますますわけが分からなくなった。

「長い歴史のあるお屋敷だもの。いろんな方が関わってきたから、それだけしがらみもあるし、秘密もあるの」

ライデンは妻を殺したと噂されてはいるが、誰も彼を裁こうとはしない。

彼が王族の血縁者だからできないのか、それとも違う理由があるからなのかは分からないが、アデールの死の真相はいまだ公にはされていない。

アデールはライデンに殺されたという噂だけが一人歩きしてしまっているが、真実はどうなのだろう。

（アデール様はどんな方だったのかしら）

なぜライデンは昨日、ジュリアを見て亡き妻の名を呼んだりしたのだろう。

考え事をしながらぐるぐると棒をかき回していると、唐突に呼び鈴が鳴った。

「な、何!?」

「ライデン様よ。用事があるときは呼び鈴を鳴らされるの」

まだ朝日が昇ったばかりだというのに、もう起きているのか。

「ライデン様って早起きなのね」

「それか、ずっと起きていらっしゃったのかも。よくあるのよ。ご用を聞いてくるから少しお願いね」

「はい」

だが、しばらくしてジゼルが困惑顔をしながら戻って来た。

「どうしたの？」

「それが、あなたを呼んでほしいっておっしゃるの」

「私？」

思いがけない指名に、ジュリアは目を瞬かせた。

「行ってくれるかしら？　執務室に居るわ」

「ええ、——でも何かしら？」

首を傾げると、ジゼルも同じ方向に首を傾げた。

「急いで。お待たせしてはいけないわ」

「でも、病み上がりのあなたにここを任せて行くなんて……」

ジュリアがジゼルを一人残すことに躊躇(ためら)っていると、遅番だった厨房長が洗濯室に現れた。

「あぁ、ダン。いいところに来たわ。ジュリアと交代してちょうだい。この子、ちょうど今ライデン様に呼ばれたのよ」

「何だよ、ジゼル。もう働いてるのか？　昨日倒れたばかりだろうが。あんまり無茶してるとキースの胃が悲鳴を上げるぞ」

白い制服越しにも、隆々とした筋肉の様が見てとれる。

大柄な体軀に見合った分厚い胸板、包丁よりも剣を振るった方がお似合いなのではと思うくらいのたくましい腕でぽんとジゼルの背中を叩くと、彼はジュリアから棒を取り上げた。

「行ってこいよ。あとは俺に任せな」

くしゃりと大きな手で髪をかき混ぜられた。

男らしい顔つきに精悍な笑みがよく似合う。

「ありがとうございます」

礼を告げて、ジュリアは足早にライデンが待つ執務室へ急いだ。

執務室は厨房と同じ一階にある。とはいえ、広い屋敷では部屋を移動するだけでも一苦労だ。

長い廊下を早足で進み、身なりを整え、扉を叩く。

「ジュリアです」

「――入れ」

おそるおそる扉を開けると、図書室さながらの空間が広がっていた。壁を埋める巨大な書架にはぎっしりと本が埋まっていて、窓が小さい。その薄暗い部屋にライデンは居た。

執務机の椅子に腰掛け、腕組みをしながらじっとジュリアの動向を窺っている。

「お呼びでしょうか？」

「何だ、これは」

唐突な問いかけに、すぐには何のことか分からなかった。首を傾げていると、ライデンが顎で「これ」を示す。

机に置かれた一輪挿しだった。

「朝摘みの薔薇です」

「お前がしたのか、と聞いている」

「いけませんでしたか？」

「私に楯突くのか。気に入らないのなら今すぐ出ていけ」

取りつく島もない態度に、ジュリアは呆れた。

なんて横柄な人だろう。

花くらいで目くじらを立てるほど、狭量な心の持ち主とは思わなかった。

「そのためだけに私を呼び出したのですか？」

「無論だ」

当然だと言い切る姿に開いた口がふさがらない。

まるで子どものわがままだ。

(アーサーだってもう少し利口だわ)

五歳になる弟ですら、こんなわがままはもう言わない。だが、相手はロレンス公爵。ブロンド家の主であり、ジュリアの雇い主だ。

「申し訳ありませんでした」

内心面倒くさいと感じながらも、ライデンの意向に従う。

「ご用がおすみになったのなら仕事に戻らせてもらってもかまいませんか」

「勝手にしろ」

ライデンの態度は、暴君そのものだった。なぜジゼルたちが屋敷を去らないのか不思議で仕方ない。自分ならすぐに辞めているだろう。

「私はお前を認めてはいない。少しでも不審な真似をすれば、即刻叩き出す。いいな」

退出間際の捨て台詞に、ジュリアは頭を下げることで受け止めた。

今のは、単なるジュリアへの嫌がらせだ。

ロレンス公爵家の中庭は素晴らしい。せっかく庭師が丹精込めて育てている花たちなのだから、屋敷の中にも花を飾りたいと思うのは普通のことではないだろうか。

(明日もお花は飾りましょう)

次の日も、ジュリアは朝摘みの薔薇を一輪飾った。その翌日も、次の日もジュリアはライデンの執務室に花を飾り続けた。

「ジュリア、ライデン様がお呼びよ」

そのたびに、ジュリアはライデンから呼び出された。

彼は今日も執務机の椅子に座り、肘掛けに肘をついてやや気怠そうに顎を乗せている。

伏し目がちな双眸からの冷たい視線に、内心ひやりとした。

（あぁ、怒っている）

「お前は耳が悪いのか」

ジュリアはきゅっと腹の底に力を込め、姿勢を正した。

「いいえ、耳はいい方です。ライデン様の声だけでなく、外の鳥の囀りも聞こえていますわ」

「ならば、悪いのは頭か。何度同じことをすれば気がすむ」

「ライデン様は私に対してはお叱りになっても、花を下げろとはおっしゃいませんでした。つまり、花を生けることについては了承いただけているものだと解釈しておりましたが、違いますでしょうか？」

すまし顔で答えると、ライデンの無表情にわずかだが不機嫌さが滲んだ。

「生意気な女だ」

「よく言われます」

にこりと笑みを作って、皮肉を受け流す。

「――もういい、下がれ」

ライデンは毎朝必ずジュリアを呼び出して小言を言うも、必ず先にふてくされる。

（結構、短気なのね……）

大人びて見えるのは見た目だけで、中身は違うのかもしれない。

「ライデン様」

「――何だ」

花を生け続けて四日目で、彼は初めてジュリアの呼びかけに答えた。

無視されなかったことに内心驚きつつ、会話を続けた。

「お花、綺麗だと思いませんか？」

ライデンが一輪挿しに飾られた花を睥睨する。今朝は黄色の薔薇を生けた。

「冬でも咲く薔薇があるんですね。これは東洋原産のものだそうですよ。ライデン様はこの花の名前の由来をご存じですか？」

「興味もない」

「〝優しくして〟です」

ライデンが一瞬だけジュリアを見遣った。

「庭師がとても大切に育てています。これだけではありません。中庭に咲くすべての植物を丹精込めて育てているんです。ご存じですか？」

「無駄口をたたく暇があるのなら、仕事に戻れ」

ライデンはまだジュリアの声に耳を傾けてはこない。彼は悲しくなるくらい他人への興味を失っていた。会話することの楽しさも、人と交流することで得られる幸福も知らないのだろうか。

彼は無駄口だと一蹴したが、何でもない会話で心が軽くなることだってあるのだ。

ライデンが纏う孤独の気配の根源は何なのだろう。

いつから彼は人を遠ざけるようになったのか。

「承知いたしました。失礼します」

ジュリアに許された時間は一ヶ月だけだ。けれど、今のままだととてもではないが、彼の子を身籠もることなど夢のまた夢だ。

ライデンはジュリアに冷たく、ジュリアにも彼のよさが容姿以外に見えてこない。

無謀な条件であることは承知で来た。だが、この身に命を宿すのなら、愛する人の子であってほしいとも思っている。今はライデンを好きになるための足がかりすら見つけられていないが、誰にだって一つくらいいいところはあるものだ。

(でも、見つけられるかしら?)

これまで一度も異性を好きになったことのないジュリアだ。恋がどんなものかを知る前に、メアリーの恋人だった男から男の醜さと狡さを見せられてしまった。それ以来、まったく心がときめかなくなった。とはいえ、はじめから決めつけていては何もできない。やれるかどうかではなく、やらなければいけないのだ。

(根本的に分かり合えていないのよね)

人を知るにはやはり話をしてみるのが一番だ。ライデンが何を思い、どういう価値観を持っているのか。会話をする中でライデン・ブロンドという人を知っていきたかった。

（なかなか難しいわ。こんなときメアリー姉さんならどうしたかしら？）

人に好かれやすい姉の振る舞いを思い出そうとするけれど、うまくいかなかった。

そればかりか、じくり…と背中の傷が痛んだ。先週、まだ実家に居たときに負った傷が癒えていないのだ。

家族が平穏に暮らしているのか、心配だった。

姉は弟や母の面倒を見てくれているだろうか。使用人を雇う余裕がない今、家族を支えられるのはメアリーだけだ。一ヶ月だけでいいからと頼み込んで出てきたけれど、もともと家事を嫌がっていた姉のことだ。あまり期待はできないだろう。

ならば、どうか癇癪（かんしゃく）だけは起こさないでいてほしい。

「いつまでそこに居るつもりだ」

つい物思いに耽（ふけ）っていたせいで、立ち去るタイミングが遅れた。

「も、申し訳ありません」

もしこのまま時間だけが過ぎてしまうことになったら、どうすればいいのだろう。

夜這いでもするしかないだろうか。

部屋を出ながら思いついた最悪の手段にゾッとした。

そんなはしたないまねはしたくない。だが、自分が彼を好きになったとしても、彼からも好きになってもらわなければ、どうにもならないのだ。

（どうすればライデン様を知ることができるの？）

他人の過去を探るのは好きではないが、近づかなければ見えるものも見えてはこない。

幸い自分は今、ロレンス公爵家に仕えている。

過去を探るのにこれ以上の機会はない。

ジュリアは腹を括ると、顔を上げて前を見据えて歩き出した。


外の掃除をしていると、見慣れないものを見つけた。

ロレンス公爵邸の数ある部屋の中で、明らかに一室だけ他と違う部屋がある。

（鉄格子？）

それは、三階の南に面した一室の窓すべてに嵌め込まれていた。まだジュリアが掃除に入ったことのない部屋だ。

ジュリアの仕事は多岐にわたっている。

朝食前に各部屋のシーツを替え、みんなで食事を作る。階段や廊下、調度品の掃除をしたのち、昼食。銀器の手入れをし、わずかな休憩が与えられたあとは、夕食の準備。夜のために寝室を暖めておくことも忘れてはいけない。

部屋数の多さと人手を考慮しても、全室を掃除するとなればゆうに一ヶ月はかかってしまうだろう。少数で屋敷を管理するためには、おのずと使う部屋を重点的に手入れするしかない。使わない部屋は定期的に空気を入れ換え、埃(ほこり)を払う程度になっていた。

ジュリアは休憩時間を使って、それらの部屋を綺麗にしていた。

屋敷が綺麗になれば、その分気持ちも明るくなる。しかし、率先して部屋を掃除するのはとある下心もあったからだ。

少しでもライデンを知る手がかりが欲しかった。

いくつもの部屋を見て回ると、改めてロレンス公爵家の格式の高さと歴史の重みを感じさせられた。ギャラリーの壁に整然と飾られた絵画や肖像画。堂々としたたたずまいの紳士に、優美で儚げな雰囲気の貴婦人たちはみな、ロレンス公爵家の人々なのだろう。

（そういえば、ライデン様のご両親は今、どうされているのかしら？）

少なくとも、ライデンがロレンス公爵を名乗っているのなら、父親は亡くなっているのだろうが、母親はどうなのだろうか。

巨大な屋敷なのに、ここにはライデンを慰められる人が一人も居ない。ジゼルたちはライデンのことを気にかけているが、心を開いて語り合える関係とは少し違うようだ。わびしさが漂うこの屋敷は、まるでライデンの心を守るために存在しているようにも感じられた。鉄格子が嵌められた部屋も、彼の孤独と関係しているのだろうか。

ジュリアはもう一度、鉄格子の部屋を見上げた。

あの部屋には何があるのだろう。

鉄格子を嵌めている理由は、中にあるものが重要であるから。もしくは——。

手を止め見入っていると、ジゼルがやってきた。

「まぁ、またあなたったら……。熱心なのは結構ですけど、きちんと身体を休めることも大切よ。さぁ、一休みしましょう」

「ねぇ、ジゼル。どうしてあの部屋にだけ鉄格子が嵌まっているの？」

呼びに来たジゼルを振り返り、窓を指さした。

視線を向けたジゼルは「あぁ…」と表情をわずかに曇らせる。

「ただの物置よ。鉄格子をつけたのも防犯のためね」

ロレンス公爵邸にある美術品の価値を考えれば、当然の対策だ。コレクターたちに限らず垂涎ものの作品も数多くあるに違いない。

(けれど、普通はもっと日の当たらない場所に置くものじゃない？)

いくら余るほど部屋があるとはいえ、南に面した場所をわざわざ物置にするだろうか。

「そんなことよりもお茶にしましょう。今日はダン自慢のメレンゲパイよ」

「わあ、嬉しい！」

ダンが作る料理はどれも頬が落ちるくらい美味しい。その彼が自慢するくらいなら間違いなく絶品に違いない。タルト生地の上にもっさりと乗った純白のメレンゲを想像しただけで、空腹になったお腹が鳴る。

ライデンの過去について探っているが、これまでこれといって成果はない。

もしかしたら、あそこへ行けば何か分かるかもしれないが、今はダンのメレンゲパイに舌鼓を打つのが先だ。

（物置か……）

ジュリアは後ろ髪を引かれながら、ジゼルの後を追いかけた。

☆★☆

ライデンは執務机に飾られている一輪挿しを鬱陶しげに眺めていた。

忌々しいのは可憐な花ではなく、これを飾った人物だ。

幾度注意をしても、ジュリアは花を飾り続けている。

生意気だと嫌みを言っても怯む様子はなかった。呆れるほど堂々と笑みを向けられて、逆にこちらが毒気を抜かれた。これまで送り込まれてきた令嬢たちとはどうも毛色が違う。

ライデンを前にして物怖じしない女など居なかったのに。

彼女は、長い睫に囲われた翡翠色の瞳でまっすぐこちらを見つめてきて、ライデンの生活をかき乱す。

（どうにかならんのか）

ため息をつくと、「国王陛下より書簡が届いております」とキースが封筒を差し出した。

「建国祭の招待状でございます。舞踏会ですが、いかがなさいますか？」

「――出ないわけにはいかんらしい」

文末には国王の筆跡で『断ることは許さん』と書かれてある。三年間、ろくに王宮へ顔を出さなかった甥に痺れを切らしたというところだろう。

「同伴者のご希望はございますか？　なければこちらで決めさせていただきます」

「好きにしろ」

ロレンス公爵との同伴を承諾させるために、いくら積むつもりなのか。

しかし、出席するのが舞踏会であるから致し方ないことだ。

今やライデンは社交界で腫れ物扱いも同然。白羽の矢を立てられた令嬢は不憫なことだ。

自分にどんな悪評がつきまとっているかは知っている。

舞踏会で恐れられる様を想像し、ため息をついた。

視界の端に一輪挿しがちらつく。

「ジュリアの身辺調査はどうなっている」

キースが一枚の用紙を差し出してきた。

「面接の際に彼女が話した内容は事実と相違ありませんでした。ロッソ商会は三年前に自社船舶の転覆事故があってから、経営難に陥り、資金繰りに苦労している状況です。親族構成に関しましては、あと数日お時間をください」

「ならば、話は早い。面倒が起こる前に金を渡して終わらせる」

ジュリアを送り込んできたのは母である気がしていた。これまで母の息がかかった令嬢が何人送られてきただろう。そのたびに金を渡し、母の手が届かない地へ逃がした。

（まだ継嗣を持つことを諦めていないのか）

身分卑しい者と蔑まれ歪んだ矜持が、母を化け物にした。母は、自分の血をロレンス公爵家に残すことに誰より執着している。

今でも思う。母の常軌を逸した行動がなければ、自分に母を切り捨てる強さがあれば、アデールは死なずにすんだのではないか。

第二のアデールを生んでは駄目だ。

「ライデン様。こちらも届いておりました」

そう言ってキースが差し出した見慣れた封書に、ライデンは露骨に嫌な顔をした。受け取るも、差出人を確認する間もなく破り捨てる。

「中を確認しなくてよろしいのですか？」

「かまわん。どうせ、自分を屋敷へ戻せという内容に決まっている」

ライデンにこの屋敷から追放されても、母はたびたび手紙を送りつけてくる。彼女が執拗に令嬢を寄越してくるのも、跡継ぎをもうけることだけが目的ではない。彼女たちに自分を屋敷に戻すようライデンに口添えしてもらうつもりなのだと、何人目かの令嬢が告白した。

自分が女主人であるかのように振る舞っていた日々は、母にとって人生で最高のものだったに違いない。

だが、その希望は決して叶うことはない。

「面倒だ、やはりジュリアを追い出す」

「ライデン様、結論を急ぎすぎますと真実を見落としてしまう可能性がございます」

ライデンが出した結論に、キースが異議を唱えた。

「ジュリアの勤務態度は至って真面目で優秀です。多少気が強いところはありますが、素直で物覚えもよく、重労働も率先して行っております。何に対しても意欲的で休憩時間を使ってこれまで行き届いていなかった部屋の掃除も買って出ていますが、不審な行動を取るわけでもなく、金目のものに手を出した形跡もありません。就寝後も部屋を出ていないようです」

「ならば、あれの目的は何だ。お前だって本気で職を探していたと思っているわけではあるまい」

ライデンは自分が世間からどう見られているか十分承知している。

よほどの事情でもない限り、わざわざロレンス公爵家に職を求める者は居ないだろう。事実、ここ数年で使用人は減っていくばかりだった。

ジュリアが助けを求めてきた場所は、ロレンス公爵家の敷地内だ。アルバンから来たよそ者とはいえ、道を間違えるとは考えにくい。それに、ジュリアを襲った猟犬たちのことも気になった。

いつもとは違う手口だからこそ、警戒を怠ってはならない。

キースがジュリアの要望を聞き入れたのも、ジゼルの体調を慮（おもんぱか）っただけではない。ジュリアの目的を探るためだ。

その目的が明らかにならないのは、彼女自身がそれらしい行動をしていないからだった。

だが、必ず魂胆はある。

「引き続き、監視を続けろ」

「ライデン様、どちらへ？」

「――少し出てくる」

立ち上がり、部屋を出た。

「また森でございますか？」

答えの代わりに一瞥を返した。

人の欲やしがらみに塗れた世界よりも、森に潜んでいた方がはるかに心地いい。

回廊を歩いていると、どこからか歌声が聞こえてきた。視線を向ければ、庭の掃除をしているジュリアを見つけた。寒空の中、外套も羽織らずにいる。

(なぜあれを雇い入れたのか、あいつ自身はまったく理解していないらしいな)

鼻先を赤らめながら外壁にかかった蜘蛛の巣を箒で払う様子は、楽しげにも見えた。

『ジュリアの勤務態度は至って真面目で優秀です。多少気が強いところはありますが、素直で物覚えもよく、重労働も率先して行っております。何に対しても意欲的で休憩時間を使ってこれまで行き届いていなかった部屋の掃除も買って出ていますが、不審な行動を取るわけでもなく、金目のものに手を出した形跡もありません』

無欲な人間などいない。

ジュリアとて同じだ。従順を装っているのは目的を果たすために必要だからだ。

(――行動を起こさないのなら、こちらから誘導してやればいい)

ふいに歌声がやんだ。ジュリアはじっと上を見上げていた。

彼女の視線の先にあるものに直感的に気づいたライデンの胸に、妙案が浮かんだ。

(意欲的か……。いいだろう)

ライデンは目を細め、その場を去った。

☆★☆

その夜。

ジュリアは屋敷のみんなが寝静まるのを待ってベッドを抜け出し、三階の一室に忍び込んだ。

昼間見た、鉄格子のついた部屋だ。

ジゼルの言ったことはおそらく嘘だ。ここは物置などではない。

根拠はないが直感がざわめいていた。この部屋には人に知られたくない何かがある。

ジュリアはその「何か」を知りたかった。

ドアノブに手をかけ、扉を押し開いた。

(開いた……？)

物置だというわりには不用心だ。けれど、屋敷中が美術館も同然なら、感覚も麻痺(まひ)してくるのかもしれない。

どのみち、改めて鍵を取りに行かずにすんで得をした。

ゆっくりと扉を開けると、案の定、室内は闇に包まれていた。

持ってきたランプを片手に足を踏み入れる。絨毯が敷き詰められた床は足音を吸収してくれた。

ジュリアはランプを顔の高さまで掲げ、部屋を見渡した。

物置とはほど遠い室内の様子に「どういうこと……？」と言葉が漏れた。

この部屋はジュリアが掃除と称して見てきたどの部屋とも違っていた。

ベッドは天蓋で覆われており、細かな刺繍のされた生地が豊かなドレープを描きながら床まで垂れ下がっている。裾が扇状に広がる様は非常に優美なものだった。

けれど、ベッドを囲うように手すりが設置されている様子は、まるで豪奢な檻を連想させた。

壁に取り付けられている大きな鏡の半分にはヒビが入っている。

目立った家具はベッドくらいで、テーブルも飾り棚もない殺風景な室内をジュリアは唖然として見つめた。

誰かが暮らしていたことは間違いないが、違和感が拭えない。

上品で繊細なベッドを見る限り、部屋の主は女性で間違いないだろう。

物寂しさの漂う室内に、目をこらした。

滅多に掃除がされていないのか、埃っぽい。ランプに照らされた部分だけ、舞い上がった埃がきらきらと煌めいていた。

(何がひっかかるのかしら)

部屋を見渡し、違和感の正体を探した。

極端に家具がないことだけではない。この部屋には壁を飾る絵画すらなかった。

（病室みたいね）

ベッドしかない部屋は、誰のためのものだったのだろう。

（――もしかして、ここはアデール様の部屋……？）

アデールは長く臥せっていたとジゼルが言っていたのを思い出した。

三階という場所、窓に嵌められた鉄格子、簡素な室内。

鉄格子を嵌める理由の一つは防犯。――だが、もう一つあった。

監禁だ。

中のものを外に出さないために、窓を塞ぐ。

（まさか、アデール様を監禁していたの？）

だが、なぜ監禁する必要があったのか。かりにも妻だ。その人を閉じ込めなければいけないということは、よほど追い詰められた状況にあった、と考えることができる。

（いったいこの屋敷で何があったというの？）

辞めていった使用人たち、孤独を纏うライデン、異常な空間。

注意深く部屋を見回っていると、窓際の片隅にランプの明かりを反射するものがあった。

（何かしら、……花？）

目をこらし、近寄った。

それは、硝子ケースに入った造花だった。この明るさでは造花の素材が硝子なのかクリスタルかは判断できなかったが、見たことのない大輪の花がまるで生きているかのように美しく咲き誇っていた。

丸みを帯びた八重花だ。めしべとおしべを包むように花びらが集まり、その周りを倍ほどの大きさのある花びらが幾重にも重なっていた。

(綺麗……。こんな花、見たことがないわ)

精巧で繊細な細工は職人の腕の良さを感じさせる。

食い入るように造花を見つめていると、土台部分に文字が刻まれているのに気がついた。

【我が妻　アデールへ】

やはり、この部屋の主はアデールなのだ。

日当たりがいい場所にあるのも、それなら頷けた。

しかし、だとするなら、あまりにも殺風景な室内が疑問だった。鏡台も肘掛け椅子もテーブルもないのはおかしい。公爵夫人の部屋なら、もっと豪奢であってもいいはずだ。

(赤ちゃんのおもちゃ？)

ジュリアは造花の横に置かれていた手のひらほどの大きさのウサギのぬいぐるみを手に取った。

埃を被っていて、使われた様子はない。

アデールが当時監禁されていたとするならば、これをこの部屋に持ち込んだのはライデンに違いない。

（アデール様は身籠もっていらっしゃったのだわ）

赤子のおもちゃを買う理由など、それ以外にない。

三年前、誰もが口を揃えてライデンを悪者にした。彼が妻を殺したと噂されていたからだ。

けれど、この部屋を見る限りそんなふうには思えない。

断定はできないが、ライデンは、妻と生まれてくる子どものことを大事に思っていたのではないか。

にもかかわらず、なぜライデンは妻殺しと呼ばれているのか。

世間にはアデールが妊娠していたことは伝わっていない。誰かが意図的に事実を隠したからではないのか。

真実とは何なのか。

ライデンが孤独を纏うようになったきっかけがあるはずなのだ。

――まだ見落としているものがある。

ランプの明かり程度では見つけられないものがあるかもしれないと思い、ジュリアは意を決してカーテンを開けた。月明かりが闇を払う。すると、壁や窓についた不自然な傷跡が浮かび上がってきた。

無数に走る無残な傷跡は、爪痕のようにも見えた。

その理由に思い当たった途端、ぞっとした。

刹那、背後に人の気配がして反射的に振り返ると、扉を引っ掻く女の幻影が見えた。

白いネグリジェに金色の髪をした女の後ろ姿に悲鳴が喉まで出かかった。

「ひ……ッ」

おののき、後ずさる。その直後だった。

肘が硝子ケースにぶつかった。ゆらりと揺れて、ゆっくりと床へ落ちていく。

(危ないッ!)

間一髪のところで受け止められたのは、まさに奇跡だった。

しかし、ホッと胸をなで下ろしたとき——。

「こんな夜更けに掃除か。熱心なことだな」

掛けられた声に、飛び上がるほど驚いた。

扉口にはライデンが立っていた。夜のしじまにライデンの黄褐色の双眸が妖しく煌めいている。

「ライデン様……」

「ここで何をしていた」

「も、申し訳ありませんっ。私……」

持っていた硝子ケースを慌てて置いて、部屋を去ろうとした。

「すべて吐かせてやる」

言うなり、近づいてきたライデンに腕を掴み上げられた。その拍子に硝子ケースに身体が当たる。

「あ……ッ」

心に突き刺さるような破壊音が部屋に響いた。

声を上げることも手を伸ばすこともできないほど、一瞬の出来事だった。

硝子ケースごと壊れてしまった造花に愕然としているのはジュリアだけ。ライデンは一瞥すらせず、ジュリアを壁に押しつけた。

「何を――……」

「それは私の台詞だ。言え。お前の目的は何だ」

「――！　目的なんて」

「誰の手引きでこの敷地に入り込んだ。お前を襲った猟犬の主は誰だ」

ジュリアを襲ったのは野犬ではなかったのか。

（猟犬って何のこと）

「素直に話せば見逃してやる。お前をそそのかした者は、お前に何を与えると言った」

「何を言って――……」

「しらばくれるな。我が母に、私をたぶらかして子を孕めとでも言われたのだろう？」

核心を突かれて、言葉に詰まる。ジュリアの動揺に、ライデンが嬉しそうに目を輝かせた。

だが、ライデンは思い違いをしている。

（我が母って――……）

ジュリアをそそのかしたのは、イデアール伯爵だ。ライデンの母親などまったく知らない。

「図星か。あの女はまだ諦めていないのか」

自分の母親を「あの女」と蔑む声には、明らかな嫌悪があった。

「――だとしたら、どうだと言うの……っ」

こんなところで負けん気の強さが出た。

力でねじ伏せられ、すべてを白状させられるなんて屈辱でしかない。何よりイデアール伯爵に疑いを掛けられたら、その時点で家に援助をしてもらえなくなるのだ。

（絶対に言えないっ）

ライデンがタイを外し、ジュリアの手を一括りに縛り上げた。

目を見開けば、ぎらぎらとした残忍な光を宿した双眸がジュリアを見下ろしている。

「ライデン様、やめて！」

「お前はこうされたくて私のもとに来たのだろう？　だったら、望みどおりにしてやる」

「な、何を――！」

そのときだった。慌ただしい足音が近づいてきた。しかし、ジュリアが声を上げようとするより早く、ライデンの手で口を塞がれる。

「おかしいわね。確かにこのあたりで物音が聞こえた気がしたのだけれど……」

声の主はジゼルだった。ひとり言の後、足音が遠のいていく。

(待って、行かないで！)

「ンン――ッ!!　ンン――ッ！」

四肢をばたつかせ、夢中で助けを乞うも、ジゼルには聞こえていないのか、すぐに足音は聞こえなくなった。

「残念だったな」

愕然とするジュリアに、ライデンは口元に愉悦の笑みを浮かべた。

彼が積極的に感情を見せるのはこれが初めてだった。目を細める仕草は、捕らえた獲物をどういたぶろうかと思案する獣(けもの)そのものだ。

ライデンの手がお仕着せにかかる。ボタンに手をかけると、彼は一つずつゆっくりと見せつけるように外していった。

　これからすることを思い知らせるかのような仕草だからこそ、余計に恐怖心を煽られる。悲鳴を上げようにも口を塞がれているせいで、ろくに声も出せない。ならばと四肢をばたつかせ抵抗するが、見た目以上にたくましいライデンはびくともしなかった。

　そうこうしている間に、露わになった下着の上から乳房を鷲摑みにされた。

「――ッ!!」

　大きな手の感触に震え上がり、目を見開いて、嫌だと呻き声を上げげた。拘束された手をめちゃくちゃに動かし、ライデンを攻撃しようとムキになる。

「小柄なわりには成熟しているな。この身体で何人の男をたぶらかしたんだ？」

　そんなことしていない。

　涙目になりながら、必死で首を横に振った。

　指先が恐怖で冷たくなっている。そのくせ全身が燃えるように熱い。おびただしい量の汗が噴き出していた。

(怖い、怖い――ッ！)

「そう震えるな。すぐによくしてやる。お前もよく知っているだろう、男をここに咥え込む快感を」

　嘯き、ライデンの手が脚に這わされる。内股をなぞられ、下着の上から秘部を撫でられた。

「――ッ!?」

ジュリアのことをまったく無視した言動が怖かった。がくがくと全身が震えている。逃げなければと思うけれど、ライデンの拘束が強くてどこにも行けない。

「ンン――ッ！」

やめてと涙ながらに訴えるも、身体から徐々に力が抜けていく。口を塞がれているせいで、呼吸がうまくできないのだ。

「どうした、抵抗は終わりか？　それとも、嫌がるふりも手管の一つか」

攻撃する手がとまったのを見て、ライデンがほくそ笑んだ。指が布地越しに媚肉の割れ目を引っ掻く。

「ン……ッ、ンン――ッ！」

目を見開き、身体をくねらせて抗う。

「私は言ったはずだぞ、出ていけと」

残忍さの滲む声で呟くと、ライデンが指で秘部を押した。陰唇に潜む蜜穴を弄られ、ジュリアは咄嗟に脚を閉じた。だが、ライデンの身体が邪魔で抵抗できない。知らない刺激に身体が跳ねる。

「いい感度だ。あの女が寄越すだけのことはある」

ライデンが何を言っているのか、まったく理解できなかった。

ジュリアはふーふーと獣じみた呼吸をしながら、ライデンを睨みつける。これが今、ジュリアにできる最大限の威嚇だった。

そんなジュリアにほくそ笑み、指が上へと滑っていく。花芯をこねくり回された。

「ふ――っ、ン……ッ！」

こり、こり…と花芯を押しつぶされる。知らない痛みに呻き、両手でライデンの腕を押しやった。

「生意気なことを」

手のひらで秘部を包むように押し当てられると、指の全部を使って擦られた。

（や――、なに……これっ）

初めて知る異性の感触。

ジュリアよりもずっと大きい手がもたらす絶妙な力加減と、心地よさすら感じる温もり。

指先でぐ…、ぐ…と蜜穴を押されて秘部がひくついた。

（こんなの知らない）

身体が勝手に彼の指に反応している。

ライデンはゆっくりと秘部全体をなで上げていく。時折、中指が花芯をこねた。

「ん……、ん……ッ」

途切れることのない刺激に、蜜穴の辺りが湿ってくるのを感じた。

嫌なのに、じん…と腰の奥が疼いた。

「どうした。腰が揺れているぞ」

からかい声に涙目で睨みつければ、下着の裾から侵入してきた手が直接秘部に触れた。

「——ッ!!」

「粋がっているわりに、身体は従順だ。ここはさらなる快楽を求めている」

指の先端で蜜穴を突かれた。中の様子を窺うような仕草に、ジュリアは夢中で首を横に振った。

(やめてっ)

だが、ジュリアの願いをあざ笑い、ゆっくりと指が中へ潜り込んでくる。

「ん——ッ、んん——!!」

信じられなかった。

長い指が奥まで侵入してくる。異物感にさらに震え上がった。

「一本でこの窮屈さか。まるで処女並みのしまり具合だ。どうした、苦しいか?」

くつくつと笑みを零しながら、ライデンが指を動かし出した。抜き差しされる摩擦熱に恐怖を感じて、ジュリアはギュッと目を瞑った。

(嘘……、私の中に……ライデン様の指が……)

蠢く感触が怖い。

なのに、蜜壁を擦られることには恐怖以外の感覚があった。腰の奥を疼かせている熱が少しずつ強くなっていく。

(何、これ……。こんなの知らない――)

「お前の中が私の指に吸い付いてくる。こんなに濡らして、はしたない女だ」

制限された中での呼吸に、次第に意識がぼんやりとしてくる。

囁かれる声が身体の中で木霊していくみたいだ。

「……んぅ、……ふっ」

「声が甘くなってきたな。溢れる蜜の音が聞こえるだろう？」

くち、くち…と指を動かされるたびに水音が立っている。卑猥な音を聞きたくなくて、ジュリアはいやいやと首を振った。

「嫌？　ならば、なぜ乳首を尖らせている」

言うなり、口を覆っていた手で乳房の頂を摘まれた。

「ふぁ……っ」

口が自由になった途端、自分でも信じられないくらい甘ったるい声が出た。きゅうっと秘部がすぼまる。

「乳房を弄られるのがいいのか」

「ちが……違います……っ、それ……駄目……っ」

「駄目なら大声を上げてジゼルを呼び戻せばいい。私に股を広げている姿を見られてもいいのならな。それとも、あの女の指南を受けているのなら、人に見られることくらい造作もないか？」

ライデンの口調の端々には、彼の母親に対する強い拒絶があった。

いったい、何があったのだろう。

だが、今は身体に起こっていることについていくのに精一杯で、ろくに頭が働かない。

声を上げて助けを求めるべきなのに、初めて味わう快感に身体が翻弄されている。秘部は指での愛撫に夢中だった。締めつけようとする蜜壁に抵抗するかのように、ライデンが指を動かす。ジュリアの羞恥心を煽る卑猥な囁きが、信じられないくらいの快感で身体を痺れさせていた。

（私の身体……どうなっちゃったの……）

「いいのか、二本目も呑み込んでいるぞ？」

「あぁ……、あ……っ」

ぐちゅ、っと淫靡な音が鼓膜に響いた。先ほどよりも太い質量で中を押し広げられる感覚に、ジュリアは顎を上向かせて悶えた。

「いや……、指……抜いて」

切れ切れの声で訴えた。

秘部を弄る指は何かを探すように蠢いている。広げられている感覚が苦しいのに、なぜかそれが気持ちいい。

「あ……いや……、だ……めっ」

「感じているくせに、駄目はないだろう？」

違う、感じているから駄目なのだ。

こんなのは間違っている。自分はライデンに身体を許したわけではない。

なのに、気持ちよくてたまらない。

片手で張り詰めた乳房の感触を楽しみながら、反対の手ではジュリアを追い詰めている。

そのくせ、ライデンの表情には余裕すらあった。

「お前のここは子どものままだな。下生えすらない」

「――ッ！」

「男たちはさぞやお前に夢中になっただろう。若々しく感度のいい身体と小生意気な気性に支配欲を煽られたに違いない。初心なふりなどしなくとも、淫乱に振る舞ってみせろ」

ライデンの指が上壁を強く擦り上げた。

「あッ、あ……やだ……、それ駄目……っ！」

一気に強くなった刺激にぞくぞくする。目の奥がちかちかした。

「……ひぁ……っ、あ……ぁあ」

腰が別の生き物になったみたいに蠢く。快楽から逃れたいのに、秘部は濃厚になっていく愛撫に悦んでいた。

「そうだ。もっとよがってみせろ」

今やジュリアの両腕はライデンの腕に添えているだけの状態だった。抵抗する力なんて入らない。激しくなる指使いに翻弄され、淫靡な熱に陶酔していた。

吐息混じりの浅い呼吸を繰り返し、快感に震える。

「お願い……、ゆび……抜いて……ぅう……んっ」

ぐちゅぐちゅとかき回される刺激に、腰が跳ねた。

粘膜は快感を求めるように蠕動している。肉欲がもたらす悦楽を覚えてしまう前にやめてほしかった。

「……あっ、あ……、あっ」

喘ぐ声が止まらない。

ジュリアは間近に迫っていた端正な美貌を熱っぽい眼差しで見つめた。

あの唇に触れたい。

口寂しくてたまらなかった。

「物欲しげな顔だ」

黄褐色の双眸を細め、ライデンがさらに顔を近づけてきた。触れられそうな距離感に無意識に顔を寄せた。

「浅ましいぞ」

はしたなさを指摘され、カッと頬が羞恥で熱くなった。

(私ったら何を……っ)

これは合意ではない。なのに、ライデンに口づけたいと思うなんてどうかしている。

ぎゅっと目を瞑ると、内壁を弄る指がふぃに抜けた。

「ふ……ぁ……」

戸惑い、ライデンを見上げれば「抜いてほしかったのだろう?」と言われる。とはいえ、指の先端は蜜穴にあてがわれていた。それだけで秘部がひくつく。周りを引っかかれると、とろり…と蜜が零れ落ちていくのが分かった。

「あ……」

縋るようにライデンを見つめる。身体の奥に溜まった熱が限界を訴えていた。

つぷり…とライデンが指の先を潜らせた。それだけで、たまらない快感が身体を駆け抜けていく。

「……ひ……ぁ、あ…あ……ッ」

長い指が蜜穴に入っていく。ジュリアは恍惚(こうこつ)に表情を染め、半開きになった口から吐息を零し続けた。

　ライデンは根元まで埋めた指を今度は同じ速度で引き抜いていく。緩慢な刺激が肉欲を焦らす。ジュリアは腰を揺らして悶えた。

「や……あぁ、あ……ん、んっ」

　切羽詰まった嬌声を零し続けながら、ねだるように身体をくねらせる。身体に巣くった熱が熱くて苦しいのに、どうしていいか分からない。ちりちりと足先から上ってくる新たな刺激に、なぜか恐怖を感じた。

「あ…あぁ、……やっ」

「イきたくなってきたのか」

　それがどういうことか分からなかったが、解放してほしい一心で頷けば、「お前は天性の淫乱だな」とあざ笑われた。

「ひぁ……あぁっ！　あぁ……ッ」

　激しくなった抜き差しに意識が持って行かれた刹那。燻っていた熱が一気に弾けた。

　強烈な快感に身体が痙攣する。

　味わったことのない陶酔感に、目の前が真っ白になる。が、次の瞬間にはさらなる快感に身悶えた。

「ひ――ッ」

絶頂の余韻に震える蜜壁に追い打ちをかけるように、ライデンが指を動かしたからだ。

「やめ――、イってる……っ、……から！」

懇願を無視する指の動きに、秘部からは蜜が零れ落ちている。

「ン――ッ!!」

がくがくと身体を揺らし、二度目の絶頂に捕らわれた。全身を満たす法悦に、もはや声すら出ない。

ライデンが指を抜いたのは、ジュリアの身体がまだ余韻に震えているときだった。だらしなく開いたままの脚に、乱れた着衣。なんて醜態だろう。

（私、なんてことを……）

犯してしまった過ちに、何も考えられなかった。何より、自分がこんなにも快楽に弱いなんて知らなかった。

（でも淫乱だなんて――ひどい）

じわりと目に涙が浮かぶ。

肉欲から理性を取り戻せば、待っていたのはどうしようもない後悔だけだ。ジュリアは慌てて脚を閉じ、身体を縮こませた。

「……う……うぅ……」

嗚咽を零し、タイで括られたままの手で顔を覆って泣いた。

「――馬鹿が」

やゃしてライデンがジュリアの手首のタイをほどきながら言った。

「母に何を吹き込まれた」

「あなたのお母様なんて知らない……っ」

耐えきれず、叫んだ。

「会ったこともない人に何を吹き込まれるというのよ！」

「――何……？」

ライデンが瞠目した。

「わ……私は何も仕込まれてないっ。あなたがしたのは、ただの暴力よ！」

ぎゅうっと身体を抱きしめながら叫んだ。

自分が淫乱なのではない。ライデンが勝手にジュリアを快楽へ押し上げたのだ。

「では、お前は何のために来たと言うのだ。――よもや、本当に職を探しに来たとでも言うのか」

驚きに満ちた声に、猛烈な憤りがこみ上げてきた。

(そんなことより先に言うべき言葉があるでしょう!?)

腹立たしさのあまり目の前が真っ赤になった。声が喉に詰まり、悔し涙が止めどなく溢れてくる。

「う……うぅ、う……」

身体の震えは一向に止まらない。

悔しかったし、惨めだった。

けれど、果たして自分の怒りは正当なのだろうか。ジュリアの目的はライデンの子を身籠もることだ。自分の気持ちは二の次にしなければいけないのに、少し辱められただけで、こんなにも泣いて怯えている。

(私は何も分かっていなかったんだわ……)

子を作る行為がどういうものなのか、何を引き替えにしようとしていたのかも、ろくに考えずにやって来てしまったのだ。

屈辱からなのか恐怖からなのかも分からない震えに、ジュリアは強く身体を抱きしめることしかできなかった。

ややして、身体を柔らかなもので覆われた。ライデンが羽織っていたケープだ。

「──ならば、なおさら屋敷を去れ」

ライデンが立ち上がり、出ていこうとする。振り返りもしない態度は、それ以上ジュリアに何の関心も持っていないことを伝えてきた。

(ひどい人)

合意のない行為は暴力でしかないのに、彼には悪びれる様子もない。

口を開けば「出ていけ」としか言わないほど、ジュリアが邪魔なのだ。

ふいにライデンにまつわる噂を思い出した。何人もの令嬢がライデンの慰み者になったというものだ。

「――他の……令嬢にも、同じことをしていたの……？　こんな……乱暴――」

「……？　お前の言う乱暴とは、どれのことだ？」

「ほ……本気で言っているの？」

足を止め、振り返ったライデンの表情を読むには辺りが暗すぎる。けれど、声音はしらを切っているようには聞こえなかった。

「女はこうすれば喜ぶだろう？」

「そんなわけない……っ、無理やりされて喜ぶ人なんていないわっ。あなたがしたのは立派な犯罪よ！」

ジュリアがこんなにも屈辱と恐怖に震えているのが見えないのか。

激高に答える声はなかった。

ややして「――そうか、犯罪なのか」と抑揚のない声がした。

かみ合っていない会話に、違和感しかない。

先ほどの荒々しさが消えた声音は、ひどく幼く感じた。

「本当に分からないの……？」

　おずおずと問いかけるとライデンが失笑した。

「お前が相手にしようとしているのはそういう男だ。分かったら、二度とロレンス公爵家に近づくな」

　言い捨て、ライデンは今度こそ部屋を出ていった。

　暴行と合意の区別がつかない人などいるのか。

「どういうことなの……」

　アデールの部屋に取り残されたジュリアは、呆然とライデンが出ていった扉を見つめていた。

第三章

ジュリアはベッドの中で丸くなりながら、雀の囀りをぼんやりと聞いていた。

身体中に残る、淫らな余韻。

一晩経ってもライデンの感触は消えなかった。

身体は疲れているのに、神経が高ぶっているせいかまったく眠れなかった。それどころか、彼の長い指で秘部の中をかき回される快感を思い出すだけで、ずくり…と身体が疼いてしまう。

まるで、覚えたての快楽を求めて秘部が切ないと訴えているみたいだった。

(こんなの知らない)

何度、秘部に手を伸ばしかけ、そのたびに己のはしたなさに惨めになったか。昨日まで自慰すらまともにしたことのなかった自分が、たった一晩で違う存在に塗り替えられたみたいに、快感を欲している。

「はぁ……」

もぞりと脚をすり合わせ、ジュリアは悩ましげな吐息をついた。

(全部ライデン様のせいよ)

つい詰(なじ)りたくもなる。いや、この場合、正当な抗議というべきか。

ライデンがジュリアに手を出さなければ、味わうことのなかった苦しみなのだ。

(まだ中に何かあるみたい)

股の奥の違和感を振り払うように、ジュリアは枕に顔を擦りつけた。

しばらく頭を真っ白にしたくて何も考えないようにしていたが、疑問はジュリアの気持ちに関係なく浮かび上がってくる。

(ライデン様、どうしてあんなおかしなことを言っていたの……)

ジュリアをロレンス公爵家に差し向けたのは彼の母親で、ジュリアを襲ったのは野犬ではなく猟犬だと言ったのだ。

(いったい、どういうことなの？)

ライデンの口調から、母親との確執が感じられた。

『我が母に、私をたぶらかして子を孕めとでも言われたのだろう？』

イデアール伯爵の他にも、ライデンの子を望んでいる者が居た。だが、母親が孫の顔を見たいと思うのは決しておかしなことではない。

アデールが身籠もっていたのなら、なおのことではないだろうか。

しかし、ライデンはそうは思っていないようだった。

『お前をそそのかした者は、お前に何を与えると言った』

決めつけてかかる口調から、ジュリアは自分と同じ目的を持った人が過去にもやって来ていたことを悟った。

彼の母親は息子の子どもを産んでくれる者に、何かしらの報酬を用意していたのだろう。

ライデンはそのことに嫌気が差していた。

そう考えれば、少しは合点がいく。とはいえ、ジュリアが想像できたのは、そこまでだった。

ジュリアを猟犬に襲わせた者など知らないし、ライデンが性行為に対して歪な価値観を持っている理由も分からない。暴行に対しても、ライデンは何ら罪の意識を抱いていなかった。むしろ、自分の行為で女は喜びを感じるとすら言った。

（まだまだ知らないことばかりというわけね……）

分かっているのは、彼の過去にすべての答えがあるということ。

けれど、どうしよう。

これでライデンにジュリアの目的を知られたも同然になってしまった。しらを切り通せばよかったが、ジュリアは昨夜、彼の推測を肯定したような啖呵を切ってしまっている。

ライデンはどう思っただろう。

「うぅ――……」

唸ってもどうにもならないが、憂鬱さを発散せずにはいられなかった。

だが、悩んだところで現状は変わらない。

ジュリアは今日も目的を果たすために動くしかないのだ。

(ライデン様だって、二度も手を出そうとは思わないだろうし……)

近づくなと言われても、何もなしえていないうちは従えない。

(そうよ。やるしかないんだから)

うだうだと煩悶したおかげで、熱を帯びた疼きもすっかり鎮まった。

「よし！　今日も働くわよっ」

気合いを入れて、ジュリアはベッドから起き上がった。

身支度を整え、部屋を出る。寒くなった空気を暖めるため、食堂の暖炉に火を入れてから厨房へ行くと、厨房長のダンはすでに朝食の準備を始めていた。

「おはようございます」

「おう、おはよう。籠に入ってるもん、全部剝いてくれ」

調理台に置かれた籠には、ジャガイモをはじめ根菜類がぎゅうぎゅうに詰まっていた。

「もしかしてこれ全部？」

「当たり前だろ。だいぶ寒くなってきたから、今夜は温かいスープを作るぞ。美味いもん食いたきゃ、きりきり働けよ」

早朝にもかかわらず、ダンは元気だ。溢れる活力に気圧されそうになりながら、ジュリアは頷いた。

「頑張ります」

ナイフを手に、するするとジャガイモの皮を剥いていく。

籠の中身が半分くらいになった頃、ジゼルがやって来た。

「ごめんなさい。少し寝坊をしてしまったわ」

「おはよう、ジゼル。まだそんなに遅くないから大丈夫よ」

「――ジゼル、少し顔色が悪くないか？」

ダンの言葉に、ジュリアはジゼルを凝視した。

確かに、だるそうだ。

ジュリアはジャガイモを手にジゼルに駆け寄った。

「本当だわ。また熱が出ているんじゃない？」

「熱だなんて、これくらい、動いていればすぐ下がるわよ」

「何言ってるのよ。それでこの間は倒れちゃったんでしょう？　無理は駄目だとキースにも言われているじゃない。お願いだから、今日は休んで。その分、私が働くから」

「そうだぞ、ジゼル。あんたもいい年だ。そのためにジュリアが雇われたんだから、せいぜいこき使ってやればいい」

ジュリアもここぞとばかりに、ダンの意見に頷いた。

「ダンもこう言っていることだし、そうして？　もうすぐ他のみんなも出てくる頃だから大丈夫よ」

キースも事情を話せば同じことを言うに決まっている。彼だけではなく、屋敷の者はみんなジゼルを大事に思っていた。

「そう……？　それじゃ、休ませてもらおうかしら」

迷っていたようだが、ジュリアたちの言葉に後押しされ、ジゼルは部屋に引き返していった。

「大丈夫かしら……？」

前回倒れてからまだ日が浅い。母もベッドに臥せって起き上がれなくなる前は、時々熱を出していた。

「あとで身体が温まるもんを持ってってやりな」

ジゼルが見えなくなっても廊下を見続けていると、ダンに肩を叩かれた。反射的に身体が強ばる。

「――あ……、ごめんなさい。ちょっとびっくりしちゃって……」

ダンは面食らった顔をするも、さして気にする様子もなく持ち場へ戻っていく。

(私、どうしちゃったのかしら)

ダンにまで過敏になってどうするのだ。

(……そういえば、今朝はまだお花を生けていなかったわ)

毎朝の習慣となりつつあったのに、今朝ばかりは執務室へ行くのが怖かった。

彼は時々、夜を眠らずに過ごす。もし、顔を合わせでもしたらどんな態度を取るべきなのか、決めあぐねていた。

「ジュリア、どうした。手が止まってるぞ」

「ご、ごめんなさいっ」

「寝不足か？　目の下にくまができてるぞ」

おろそかになっていた手元を指摘され、慌てて作業を再開する様子にダンが苦笑する。

彼の軽口は、暗い気分を明るくしてくれた。

(しっかりしなくちゃ)

あの程度で尻込みしていたら、目的を果たすことはできない。援助を受けられなければ家族は路頭に迷ってしまうのだ。

借金を返して元の生活に戻ることができれば、きっとすべてがうまくいく。

メアリーだって、優しい姉に戻ってくれるはずだ。

そのためにも、ライデンのことをもっと知らなければ。

昨夜の行為は、ジュリアを脅すためでもあったはずだ。本気でジュリアをどうこうしようと思っていたようには見えなかった。

とはいえ、やはりライデンの言動が気になった。

彼は昨夜の行為の悪質さに気づいていなかった。指摘されて初めて知ったようにも見えた。

（そんなことってあるのかしら）

ライデンにはアデールという妻が居た。にもかかわらず、なぜあのような行為が暴力的だと気づいていなかったのか。

「――ねぇ、ダン。聞いてもいい？」

「何だよ、改まって」

「ライデン様とアデール様って、どんな夫婦だったの？」

手を止め、まっすぐダンを見た。

ロレンス公爵家で働くようになっていくつか気づいたことがあった。一つは、誰もライデンの言動を咎めないこと。二つ目は、過去を話したがらないこと。そして最後に、屋敷のどこにもアデールの肖像画がないことだ。

「聞いてどうするんだよ。世の中には知らない方が幸せなことはいくらでもあるし、それで生きていけるのなら、俺はそうする」

「でも、それは知っているからこそ選べることではないの？　ダンはずっとこのままでいいの？　ジゼルが体調を崩してしまったのだって、極端に人手が減ったからじゃない。それって、ライデン様たちが辞めさせちゃったからなんでしょう？」

「それだけでもないけどな」

「やっぱり何かあるのね？」

話の糸口を見つけ、ジュリアは迷わず食いついた。

「教えて。私、どうしても知りたいの」

「知ってどうするんだよ。単なる好奇心ならやめとけ」

「そんなんじゃないわ」

ジュリアだって他人の過去を詮索するのは好きじゃない。けれど、今は家族の未来がかかっているのだ。

何より昨夜の一件で、今まで以上にライデンについて知りたいと思うようになった。

横柄で自分勝手。名門貴族の当主に相応しい人柄とは到底思えない。それなのに、彼のことを考えるとなぜか心がざわついた。

昨夜のライデンの言動も、アデールの部屋の違和感も、今は散り散りになっているすべてが過去という名の線で繋がっている。そこに必ずライデンの気持ちも埋まっているはずだ。

じっとダンを見つめていると、ややして彼は諦めたように息をついた。

「ジュリアは職を探してうちに来たんだよな。恐ろしくはなかったのか？　巷じゃ、ライデン様は妻殺しと呼ばれてるんだぞ。屋敷だって幽霊屋敷と囁かれる始末だ」

「私、よく知りもしない人をはじめから嫌ったりしないことにしているの。話してみたら、本当はすごくいい人だったりすることってない？　もしかしたら一生のつきあいになる人かもしれないのに、噂だけで仲良くなる機会を自分から遠ざけるなんてもったいないじゃない。と言っても、今のライデン様は好きになれそうにないけれど……。それはともかくとして、お屋敷が幽霊屋敷だなんてとんでもないわ。ここは芸術品の宝物殿よ。ギャラリーに飾られた絵画だけでも、歴史的な価値がある素晴らしいものばかりだもの。応接間にある家具なんて、幻の天才と呼ばれた家具職人ニーボルの作品で……」

「その話、長くなりそうか？」

ダンの問いかけに、ジュリアはつい悪い癖が出ていたことに気づかされた。

「ご……ごめんなさいっ。面白くなかったわよね」

「別にそういう意味じゃない。お前さんがそれでよければいくらでも聞くさ。でもその代わり、知りたいことは謎のままになるけどな」

そう言われ、ジュリアは夢中で首を横に振った。

「お願い、教えて」

ダンが小さく笑った。

「貴族同士の結婚で重要視されるのは双方の家の利だ。心は二の次。これは分かるか？」

もちろん、とジュリアは頷いた。

「ライデン様とアデール様は政略結婚だったのね」

「そうだ。先のロレンス公爵が選んだのがイデアール伯爵令嬢のアデール様だった」

「――え……」

思いがけないところで出てきた名に驚いた。

(アデール様がイデアール伯爵の娘？)

もともと、父とイデアール伯爵は折り合いが悪く、ジュリアはイデアール伯爵についてほとんど知らないでいた。それが、こんなところで彼の名を聞くとは思ってもいなかった。

しかし、よくよく考えてみれば妙な話だったのだ。

援助の条件がロレンス公爵の子を身籠もることだなんて、イデアール伯爵に何かしらの魂胆がなければ、そんなことを条件にしたりはしない。

貴族社会に身を置いていればロレンス公爵とイデアール伯爵との繋がりも自然と耳にしていたのだろうが、ジュリアは商人の娘。煌びやかな世界に憧れていた姉は、社交パーティがあろうものなら喜んで父について行っていたが、ジュリアは滅多に出ることもなかった。堅苦しい貴族社会を敬遠していたことで、彼らに関する情報が入ってこなかったのだ。

なぜ、イデアール伯爵はライデンの子を身籠もることを条件としたのだろう。期限まで切ってきたのだから、よほどの事情があるに違いない。

もしかして、彼もまたライデンの母親同様、会うことのできなかった孫の顔が見たいと思っているのだろうか？

（でも、私はイデアール伯爵の娘ではないわ）

胸の内がもやもやする。自分の考えが違っているのは分かるのだが、どこが間違っているのかが分からなかった。

「アデール様はどんな方だったの？」

「強いて言うなら〝お人形〟だな」

目を瞬かせると、「いいなりって意味だ」と言われた。

アデールは貞淑さを具現化したような女性だったという。清廉で淑やか、口答え一つすることなく、ライデンや彼の母親に従っていたらしい。

「ライデン様の母親は先代の愛人だった。けれど、ライデン様が公爵になってからは、先代の正妻とその息子――ライデン様の異母兄だな、彼らをどこかの別邸に追いやり、ロレンス公爵家の女主人のごとく振る舞っていたらしい。気に入らない使用人たちを次々と解雇したり、公爵家の財を湯水のように使ったりな。アデール様が貞淑さを具現化した女性なら、母親は欲に塗れた魔女そのものだったんだと」

「ダンは会ったことがないの？」

「俺が屋敷に来たのは三年前だ。だから、あの人の過去をこの目で見ていたわけじゃねえ。俺が知っているのは、抜け殻になったライデン様だけだ」

そう言って、ダンは苦笑いをした。

「当時は壮絶だったんだぜ。ライデン様まで壊れてしまうんじゃないかって、使用人たちは毎日びくびくしていた。それこそ腫れ物に触るようにライデン様に接してた。あの方が毎日を生きのびてくれることだけが、俺たちの願いだったんだ。お前さんたちにとっては三年の時間は長く感じるかもしれないが、当事者たちにとってはまだたったの三年だ。傷ついた心を癒やす時間にしては短いもんなんだよ」

てっきり、事情を話してくれるのかと思ったのに、要は興味本位で首を突っ込むなと釘を刺したいだけらしい。質問の答えをいいようにはぐらかされたのがその証拠だ。

やはり、ロレンス公爵家の人たちはこの家に起こった出来事を話したがらない。

けれど、まったく教えてくれないわけでもなかった。

二人が政略結婚だったこと。アデールがイデアール伯爵の娘であったこと。彼女の性格。

そして、ライデンの母親について。

肝心なことを口にしないのは、それほど深い傷だということなのだろう。

しゅんとすると、「そう落ち込むなよ」と慰められた。

「ライデン様がお前を雇い入れたって知ったときは驚いたんだぜ。三年の間に、使用人になりたいとやってきた奴がまったくいなかったわけじゃない。いわく付きであろうと、ここは名門ロレンス公爵家だ。女なら、もしライデン様のお眼鏡に適えば一生贅沢をして暮らしていけるんだ。ライデン様を陥落させたいと意気込む令嬢たちだって何人も来た。だが、ライデン様は一切受け入れなかった。人嫌いの噂もその辺りから出たんだろうな」

彼のひねくれた態度も、下心を持った人たちへの軽蔑と鬱陶しさから来ているものなのかもしれない。

「ダンから見たライデン様って、どんな人？」

今のジュリアには、ダンをはじめ使用人たちがライデンを必要とする理由が分からない。けれど、噂を知りながらも彼の側を離れなかった人なら自分とは違うライデンの姿が見えている気がした。

「誠実で生真面目で、情の深い人だ」

それは、ジュリアの持つライデンの印象とはまったく違うものだった。つまり、自分が彼の一面しか見ていないか、ライデンがあえてジュリアに見せていないということだろう。

「知ってるか？　ロレンス公爵は誠実な者であることが絶対条件なんだ。しかもライデン様は国王陛下によって直々に公爵に任じられた方だ」

　先代が正当な継嗣を決めぬまま突然死去したため、ロレンス公爵家は長男とライデンとの間で熾烈な家督争いが起こった。泥沼状態に終止符を打ったのが国王だった。

「よく知らないというわりには詳しいのね」

「これくらい普通だ。当時は貴族の間だけでなく、巷でもだいぶ話題になってたしな。お前が疎いんだよ」

　世間の噂もまるで耳に入らないくらい、この三年間のジュリアは毎日を生きるのに必死だった。疎いと言われれば、そうなのかもしれない。

「さぁ、俺からの話はこれで終いだ。そんなことより、また手が止まってるじゃないか。さっさとやらないと、終わらないぞ。午後からはお前がジゼルの代わりに市場へ仕入れに行くんだからな」

「いいのっ!?」

　市場という言葉に、ジュリアは表情を輝かせた。

「嬉しい！　私、まだ一度も市場へ行ったことがないの」

「そうか、ならしっかり働け」

　促され、ジュリアは気合いを入れてジャガイモの皮を剝き始めた。

(ダンって、いい人ね)

知らなくていいと言いながらも、ダンは答えてくれた。彼の知っているすべてではないだろうが、嬉しかった。

おかげで、ジュリアの知らないライデンを知ることができた。

『誠実で生真面目で、情の深い人だ』

ジュリアにはまだ、ダンが見ているライデンの姿を見ることができていないが、いつか彼をそんなふうに思えるようになるだろうか。

(その頃には少しはライデン様を好きになれているのかな……)


午後になり、ジュリアが仕入れに行く準備をしているとダンが慌てた様子でやってきた。

「悪い、ジュリア。急にキースを連れて王宮まで行かなきゃならなくなったんだ。仕入れは他の人間と行くことになったから、これがリストな」

「え？　ちょっと待って――」

呼び止める間もなく、ダンは買い物リストを手渡すと足早に去って行ってしまった。

(他の人って、誰なの？)

ロレンス公爵家で馬を扱えるのは、ダンとキース、あとは庭師だ。消去法でいけば庭師だが、仕入れの荷物を運ぶのなら、老齢な彼には重労働だ。

(本当にそろそろ人を雇い入れた方がいいんじゃないかしら?)

馬車の準備をしに行くと、厩舎から馬を出してくる人物を見つけた。

「――え……?」

地味な色合いの外套を纏っているが、一つ括りにした漆黒の黒髪で、それが誰であるかよく分かった。

「あ……」

彼の姿を見た途端、かあっと身体が熱くなった。うまく平常心を保っていられない。

ぎこちない挙動になるジュリアの視線の先で、馬は嬉しそうにライデンに顔をすり寄せている。

「いい子だ。今日は頼むぞ」

見たこともないくらい柔らかな表情で馬を撫でる横顔に見惚(みと)れていると、ちらりと横目で見られた。

「図太い女だ。まだ出ていっていなかったのか」

打って変わって、なんて感情のない声なのだろう。嫌になるくらいライデンはいつもどおりだった。

彼にとって昨夜のことは、取るに足らない出来事だったに違いない。なのに、自分は夜も眠れぬほど一人快感に溺れてしまった。これでは、淫乱だと言われても仕方がない。

そう思うと、冷や水を浴びせられたみたいに、身体から血の気が引いた。

今朝、執務室に花を生けなかったことで、ライデンはてっきりジュリアが出ていったと思っていたのだろう。

（でも、私はここに居ると決めたの）

家族のために必ず目的を果たしてみせる。

ジュリアはゆっくりと息を吸い込み、きゅっと唇を噛んだ。

「――わ、私は出ていきません……」

「金のためか」

「――そうです！」

昨夜は聞かれなかった問いかけだった。一瞬躊躇ったが、素直に認めた。腹を括ったからこそ、頷くことができた。

蔑まれようとも、自分が選んだことに後悔はしない。ジュリアには守りたい人たちが居るのだ。

「き……今日はよろしくお願いしますっ！」

声を張り上げると、ライデンが目を伏せ、含み笑いを零した。

（え……、何で笑われるの？）

「必死だな。それとも、単に鈍いだけか」

「な――ッ」

見下され、カッと頬が熱くなった。

「せいぜい頑張るがいい。だが、甘い期待はするな。私は誰とも子をもうけることはない」

「そんなの……分からないじゃないですかっ」

「同じことを言った女はお前以外にも何人も見てきた。十日もしないうちに、全員が屋敷を出ていったがな」

「私を他の人たちと一緒にしないでください！」

「違いが分からん」

一蹴され、言葉に詰まった。

ライデンの中では、ジュリアの存在などその他大勢でしかないのだと思い知らされた。

(私はまだライデン様に認識すらしてもらえていないのね)

突きつけられた現実に打ちのめされそうになる。

けれど、こんなことでくじけてはいられない。

「よろしくお願いしますっ」

気持ちを奮い立たせて、ジュリアも馬車の準備に取りかかった。ライデンはそれ以上の言及はしてこなかった。ジュリアは、仕入れたものを入れる籠や木箱を、幌が張られた四輪車の中に運びこむ。

「仕入れ内容は聞いているのか？」

ジュリアはダンから預かってきたリストを出した。

「は、はい。今日はジャガイモに豚肉の燻製とチーズ、それから……」

「すべて読み上げる必要はない。買うものが分かっているのなら十分だ。乗れ」

乗れと言われても、この場合どこに乗るべきなのだろう。

迷ったが、荷台の入り口部分に腰を下ろした。ライデンから一番離れた場所を選んだのは、彼に近づくことへの躊躇いがあったからだ。

「……よろしくお願いします」

果たして本当にロレンス公爵に仕入れなどさせていいのだろうか。

ジュリアの戸惑いをよそに馬車はゆっくりと動き出した。

荷物を載せるための仕様になっているので、乗り心地は悪い。がたがたと車輪から伝わる振動で身体が小刻みに揺れていた。

（お尻に敷くものを一枚持ってくるんだったわ）

この分だと、市場に着く頃には腰が痛くなっているだろう。

それでも、初めて行く市場に心は躍っていた。

足をぷらぷらさせながら、冬空を眺める。息を吐くと空気が白く濁(にご)った。

外套を羽織っていても、頬に当たる風が冷たい。手に息を吹きかけながら、ライデンと同じ空間にいる気まずさがいたたまれなかった。

(だって、公爵が使用人の仕事をするなんて誰も思わないじゃない)

貴族なのだから馬を扱えるのは当然だとしても、荷馬車を用意するのも手慣れているように見えた。貴族らしくない地味な外套といい馬を操る姿といい、馴染(なじ)みすぎている。

ライデンはどこで荷馬車の扱いを覚えたのだろう。

ちらりと後ろを盗み見た。

一つに結わえた長い黒髪が、馬の尻尾みたいだ。

(ライデン様は私と一緒に行くことを知っていたのかしら?)

人手が足りないロレンス公爵家だ。誰もが自分の仕事以外でも率先してやらなければ屋敷の管理ができない現状で、ライデンも当主として責任を感じているのかもしれない。

ジゼルが再び熱を出してしまった以上、わがままを言っている場合ではないと判断したのだろう。

(そうよ。人が嫌いだから使用人を減らすだなんて、わがままでしかないじゃない)

けれど、ジュリアには冷淡でも、使用人たちには優しい。今だってダンの代わりに来ているのだ。ダンのライデンへの印象はあながち間違っていない。

（でも、子をもうけることはない、って言われちゃったわ……）

それは、アデールが身籠もっていたことと関係があるのだろうか。

ライデンたちは政略結婚だった。はじめは愛しあっていなかったとしても、一緒に居れば情が湧くものだ。

彼はどんなふうにしてアデールに接していたのだろう。

――きっと優しくしたに違いない。

なぜなら、彼女はライデンに受け入れられた女性だからだ。

ジュリアが見たことのない表情をアデールには見せていたのだろう。アデールも、ジュリアの知らないロレンス公爵を知っていた。

（――いいな）

どうしたらジュリアにも見せてくれるのだろう。

今は取り付く島もないけれど、彼との時間を重ねていけば自分もジゼルやダンたちのように心を開いてもらえるだろうか。

ジュリアに許された期間は、たった一ヶ月しかない。人の心に寄り添うにはあまりにも短い時間だった。

（誠実で生真面目で、情の深い人か……）

ライデン・ブロンドという人物を知ろうとするほど、彼の本当の姿が見えなくなっていくみたいだった。

「ライデン様、今日はありがとうございます」

声をかけるが、応える様子はなかった。

聞こえなかったわけではないと分かるから、少しだけ辛かった。

沈黙が気まずい。

見上げていた視線もおのずと下がった。

(みんなは元気でやっているかしら)

会いたい、と思った。

不安な気持ちごと抱きしめてほしかった。小さな弟を抱きしめたい。父や母の声が聞きたい。でも、姉とは——。

自分は間違ったことをしているのだろうか。

(そんなはずないわ)

ジュリアがここに来なければ、援助の話自体が無かったことになっていただろう。

だが、不安は振り払ったそばから湧いて出てくる。

この先、ライデンがジュリアに好意を抱くことなどあるのだろうか。甘い期待はするなと言われ、ジュリアはその他大勢の一人だと言われたばかりだ。

ならば、彼はどんな女性なら特別にしてくれるのだろう。

　アデールは大人しくて淑やかな令嬢だったという。一方、自分は生意気で負けん気だけは強い意地っ張り。彼女とは真逆の性格に、途方に暮れた。

　やはり、人選を間違えたのだろうか。

　イデアール伯爵がメアリーを指名したのも、自分の娘アデールとよく似た性格だと知っていたからかもしれない。

（ライデン様は、生意気な女は嫌いなのかしら……）

　吹いた風の冷たさにくしゃみが出た。

「……寒いのか？」

　ライデンの声に、ぱっと顔を上げた。

「いいえ、大丈夫です！」

　ライデンが肩越しに振り返った。

「そんなところにいるからだ。もっと中に入ってこい」

　どうしようかと迷っていると、再び視線を投げられた。

「早くしろ。お前まで寝込まれると面倒だ」

　もっともな言い分に、ジュリアは荷台の上を四つん這いで進んだ。幌で囲われている場所は風が直接当たらない分暖かかった。

「ありがとうございます……」

おずおずと礼を言うと、鼻で笑われた。

せっかくできた会話の糸口を消したくなくて、ジュリアは思いついたことを口にする。

「荷馬車の扱いに慣れているんですね。貴族にはそういう遊びがあるんですか？」

すると、ライデンがジュリアを一瞥した。

「あるわけないだろう。馬鹿馬鹿しい」

「そう……ですよね。はは……何言ってるんだろ、私」

はぁっと息をついて、虚しくなった。

ライデンはジュリアと親睦を図ろうなどと思っていないに決まっている。けれど、少しくらい歩み寄ってくれてもいいのではないだろうか。

落ち込むと、「普段使っているから慣れているだけだ」と言われた。

「——え？」

「お前が聞いてきたのだろう」

淡々とした口調に、ジュリアは慌てて首を振った。

「いえっ、……でも。答えてくれるなんて思っていなかったから。——ごめんなさい」

「いちいち詫びなくていい」

すげない口ぶりに、もう何を言っていいのかすら分からなかった。

話しかけても駄目、謝っても駄目なら、黙っているしかないのだろう。

（ライデン様はきっと私とは話したくないのね……）

彼の母親との関与は否定したけれど、ライデンにとってジュリアはまだまだ不審人物なのだ。

今までだって嫌われることは何度もあったのに、ライデンが相手だとどうしてこんなに悲しくなるのだろう。

膝を抱えて、顔を埋めた。

頑張りたいけれど、今は気力が湧いてこない。寝不足のせいもあるのだろう。馬車の揺れが心地よくて、ジュリアはうつらうつらし始めていた。

一度、眠気を感じるとあとはなし崩しだった。瞼が重くなってきて、意識が徐々に途切れ途切れになる。目を瞑ると、ぽっかりと口を開けた穴の中に意識がまっすぐ落ちていってしまいそうだった。

とはいえ、まさかライデンを御者に使っておきながら、自分だけうたた寝をしていいはずがない。

分かってはいるけれど、眠気は来る。

（十数える間だけ……）

ほんの少しの間、目を瞑るだけならきっとライデンにも気づかれないだろう。

（一、二、三……）

心の中で数を数え出したはいいが、そこで記憶が途絶えた。


「――起きろ」

ゆさゆさと肩を揺さぶられて、目が覚めた。

ハッと顔を上げた途端、目の前にとんでもない美貌が迫っていた。

「きゃあっ!!」

甲高い悲鳴に、ライデンは嫌そうに顔を顰めた。

「いい度胸だな。私に馬を操らせて、自分はうたた寝か」

しまった。

「も……、申し訳ありませんっ!」

今、どの辺りなのだろう。もしかして、もう市場に着いてしまったのだろうか。

馬車が止まっていることに真っ青になっていると、ライデンはふんと鼻を鳴らした。身体を前に向け、馬車を動かし始める。

馬車が動き出したということは、まだ道中なのだろう。

ロレンス公爵邸から街までは、途中に分かれ道が一箇所あるだけの、ほぼ一本道で繋がっている。

ジュリアはこわごわ顔を幌から出して、辺りの風景を見た。

森を抜けているのなら、半分は来たということだ。

(私ったら、そんなにも長い時間寝ていたのっ!?)

ほんの少しのつもりだったのに、つい眠気に負けてしまった。

「……本当にごめんなさい。昨日はあまり眠れてなくて……。馬車の振動がいい具合に眠気を誘うと言うか——……、申し訳ありませんでした」

これ以上できないくらいに身体を縮こまらせて、それでも小さな声で弁明した。

「お前でも眠れぬ夜があるのか」

「そ、それくらいありますっ。ライデン様は私をなんだと思ってらっしゃるんですか？」

「生意気な性格と神経の細さは関係ないのだな」

「ひどいです！　それに、私が眠れなくなったのはライデン様が——ッ」

「私がなんだ」

口ごもったところで、ライデンがその先を促した。

ライデンがあんなことをしたせいだ、とは恥ずかしくてとても言えなかった。その代わり、恨めしげにライデンを睨めつける。

「お前に手を出したことか？」

図星を指されて、ジュリアは押し黙った。

「あの程度で気が動転したのか？　処女でもあるまいし、初心なふりをするな」

皮肉めいた口調にムッとなった。

「処女だったらいけませんかっ⁉」

告げた直後、ライデンの背中が一瞬強ばった。

「……何？」

「だから、処女なんです！」

断言すると、馬車がぴたりと止まった。ゆるゆるとライデンがジュリアを振り返った。

綺麗な黄褐色の双眸が、驚きに見開かれている。

端正な美貌に食い入るように見つめられ、徐々に頬が熱くなってくるのが分かった。

「――そうか」

ややして、ライデンが小さく呟いた。そうして、また馬車を動かす。

（――え、それだけ？）

他に言うべき言葉があるのではないのか。

拍子抜けする態度に、呆気に取られた。

昨夜も思ったが、ライデンはやはり性行為に関する認識がジュリアとは違うのだ。だから、自分がどれだけひどいことをしたのかを理解していない。

謝る理由がないから、謝罪の言葉が出ないのだ。

だが、まさかロレンス公爵に「謝ってほしい」などと言えるはずもなく、ジュリアは不満を抱きつつも泣き寝入りするしかなかった。

(いったい、アデール様とはどんな夫婦生活を送ってきたのかしら？)

ライデンは彼女をどんなふうに愛したのだろう。

ジュリアにしたように、アデールにもあの快感を与えたのだろうか。いや、快楽だけではない。ジュリアには決して言わないような愛の言葉を囁いたに違いない。

昨夜の、甘美な快感を思い出すだけで、秘部の奥がきゅんとする。男性との経験はなくとも、男女の営みがどんなものかは知っている。

この身でライデンのすべてを受け入れる。指とは比較にならないものが身体の奥へと入ってくるのだ。

それは、どんな気持ちになるのだろう。

ライデンの綺麗な顔が欲情に染まり、熱っぽい眼差しでジュリアを見つめる。心が蕩けるくらい甘い言葉を耳元で囁きながら……。

(私ったら、なんて破廉恥なことを考えているのよっ)

甘い期待はするなと言われたばかりではないか。

ジュリアがどれだけ妄想を膨らましたところで、現実のライデンはジュリアに見向きもしていない。

こんな状況でどうやって彼の子を身籠もることができるのだろう。

ため息だってつきたくもなる。

うなだれていると、「辛いのか？」と問いかけられた。

「え……？」

「身体が辛いなら、市場に着くまで休んでいろ」

思いがけない優しさに驚いた。

「もしかして、心配してくれてます……？」

処女だと言ったから、気遣ってくれたのだろうか。

まさかと思うも、じわじわと喜びが胸に溢れてくる。初めてライデンに優しくされたことが嬉しかった。

「ありがとうございます。でも、大丈夫です」

不思議だ。さっきまであんなに居心地が悪かった空間が、ライデンの言葉一つで、少しだけ楽しくなった。

（ふふっ、嬉しいな……）

ライデンがどんなつもりで言葉をかけてくれたかは分からない。ただの気まぐれかもしれなくても、心にわだかまっていた重たいものがすうっと軽くなったみたいだ。

こんなことで気分が上がるのだから、自分もたいがいお手軽な性格をしている。

「ロレンスの市場はどんなところなのですか？」

あんなに途方に暮れていた気持ちはどこへ行ったのか、ジュリアの声は弾んでいた。

「……食料品店も多いが、同じくらい細工師たちの作品も並んでいる。工芸品の売買はファリア国の中でもロレンスの街が一番盛んだからな。王都で買うよりも安価で良質なものが買える」

「スピリカルトを使ったものですね」

ライデンが前を見ながら頷いた。

事務的な口調ではあったが、会話をする気にはなってくれたらしい。

「私の父は貿易商をしていました。世界中の珍しいものをたくさん見てきたけれど、やっぱりスピリカルトを使ったものは高値で取引されていました。希少品ということもあり、どこへ出しても珍重されるからです」

「だからこそ、スピリカルトは慎重に管理される必要がある。ロレンス公爵家は代々、子息の中から次のロレンス公爵に相応しい者が選ばれる。それは、常に公平な判断を下すためだ。ロレンス公爵家に生まれた男子たちは、みな継嗣の指名を得るために己を律し、学ぶ必要があるのだ」

ライデンをロレンス公爵に定めたのは国王だ。長男との熾烈な家督争いがあった末の結果だとしても、彼がロレンス公爵になるべく必死に自分を磨(みが)いてきた功績が認められたということだ。

なのに、淡々と告げる口調には表情同様、どんな感情ものっていない。

彼はロレンス公爵になって嬉しくなかったのだろうか。

「ライデン様はロレンス公爵になる以外に、したいことがあったのですか?」

問いかけると、おもむろにライデンが振り返った。驚きを滲ませた表情に、ジュリアの方も狼狽えた。

今日だけで何度彼の驚いた顔を見ただろう。

「私……、いけないことを言いました?」

「――私はロレンス公爵になることだけを目標に生きてきた。それ以外の生き方など考えるはずがない」

「なら、どうしてそんなにつまらなさそうなんですか? 夢が叶ったら、もっと嬉しそうにしているはずです。父は一代でロッソ商会という貿易会社を興し、会社を大きくすることに邁進してきました。仕事をしているときも家族と居るときも、父は幸せだと言っていました。そして、楽しそうでした。でも、今のライデン様は少しも嬉しそうじゃない。情熱を感じられないんです。少なくとも私にはそう見えます。だから、本当は別の何かをやりたかったのかなと思ったんです」

ライデンは黙ってジュリアの話を聞いていた。

瞬きすらせずじっと見つめてくる姿に、自分が余計なことを言ったことに気づかされた。

告げた疑問は、ジュリアが自分で未来を選択できる身であるから言えることだ。

仮に自分にも公爵家を継げる可能性があると知っていれば、やはり指名を受けることに全力を傾けるだろう。

顔を伏せると、「別の生き方を問われたのは、初めてだ」と言われた。

「指名争いはロレンス公爵家の子息にとって当然のことであり、私は自分の前に敷かれた道を行くことに少しも疑問を持たなかった。公爵となってからもだ。――だが、そうだな。確かに今は、喜びを感じてはいない」

「なぜ、と……聞いてもいいですか？」

「駄目だ」

一蹴され、踏み込みすぎたことを知らされる。

「……ごめんなさい」

小さな声で詫びて、口を噤む。

結局、気まずい雰囲気に戻ってしまった。

聞きたいことは山ほどある。アデールのこと、ライデン自身のこと。そして、彼の母親との確執のことだ。

けれど、どれも答えてはくれないだろう。ライデンがジュリアを遠ざけたがっているからだ。

今のジュリアが使用人たちのように、心からライデンを心配しているかと問われれば、頷けない。自分には打算がある。ジゼルやダンたちも何かしら事情を抱えてやって来ていると勘づいているからこそ、ジュリアには何も話さないのだ。

それだけ、ライデンの過去は込み入っている。

(私は信頼されていない……)

分かりきっていることだが、改めて実感して傷ついた。

どうすればライデンに心を開いてもらえるのだろう。

押し黙ったジュリアに、ライデンから言葉をかけることはなかった。

無言のまま馬車は市街地へと入っていく。

市場に着くと、大勢の人で賑わっていた。

ジュリアは幌から顔を出し、その光景に目を丸くした。

「すごい人ですね」

街に入る前に外套のフードを被ったライデンは、特徴的な黒髪を隠したことでロレンス公爵だとは分からなくなった。

「この街に来るのは初めてか？」

「はい。私はアルバンから直接ライデン様のところへ行ったから――……」

アルバンからロレンスの街に行くには二股に道が分かれていて、ジュリアはロレンス公爵家がある方に進んだのだ。

うっかり失言をして、ハッと口に手を当てると「今さら取り繕う必要はない」と言われた。

「お前の魂胆などすでに知れている」

「そうでした……」

「大人しく出ていけばいいものを、しぶとい女だ」

前を向いているライデンがどんな表情をしているかは見えなかったが、口ぶりに嫌悪感はなかった。

「アルバンの市場とは何が違う？」

「向こうはもっと雑然としていました。この街みたいに品のある美しさはありませんでしたが、港街だけあって活気はありました。市場にはそれこそ世界中の品物が溢れかえっていて、この時期は保存食に使うものや防寒具が多いんですけど、それはロレンスも同じみたいですね。トナカイの毛皮は暖かいけれど高価な分、弟に買ってあげたくても手が出ません」

「ロッソ商会の娘なら買えないものではないだろう」

「それはうちがまだ順調だった頃の話です」

裕福であることが当たり前だった頃は、生きることの難しさなど想像もしていなかった。

「今は毎日を生きるだけで精一杯なんです。みんながそれぞれに我慢するから、家の中の空気もギスギスしてて……。でも、会社が傾く前は本当に仲のいい家族だったんですよ。みんなでよくピクニックにも行きました。弟はまだ生まれたばかりだったから母に抱かれているだけでしたけれど、姉とは花冠を作っては交換し合ったりして――……」

思い出話をしながらも、一抹の寂しさを感じていた。

たとえ裕福な暮らしに戻れたとしても、あの頃の幸福は二度と戻って来ない。昔とは決定的に違うことを知ってしまったからだ。

言葉を途切れさせると、ライデンが怪訝(けげん)な顔をした。

「報酬として得た金で暮らしを立て直すつもりか」

「はい」

「だが、そのためにお前は自分の身を犠牲にするのだぞ。愛してもいない男の子どもなど宿してどうする。慈しめると思っているのか？」

ライデンの言い分はもっともだった。身籠もることでお金は手に入るが、ジュリアはその先、宿った子を産み、生涯をかけて育てていかなければならないからだ。

「それだけではない。生まれてくる子が男児なら、例外なくロレンス公爵家に必要な人間になる。お前も屋敷に縛られるのだ。家族とも引き離され、孤軍奮闘(こぐんふんとう)しなければならなくなるのだぞ」

「いいえ、私は一人じゃありません。愛する子が側にいます」

よどみなく発した言葉に、ライデンは黄褐色の双眸を揺らした。

「それに、その子の父親を愛していなくても、我が子は愛せるものですよ」

愛情とは同じ時間を過ごすことで育っていくものだ。

ジュリアはその様子を間近で見てきた。

「随分実感がこもった口ぶりだな」

皮肉めいた口調に苦笑し、ジュリアは目を伏せた。

三年前、ジュリアは偶然、父の日記を見つけてしまった。それは、ロッソ家にとってパンドラの箱だった。母が何者かに強姦されメアリーを身籠もったことが書かれていたからだ。

秘密を知ったのが自分一人だけだったなら、胸の内に留めておくこともできた。しかし、その場には運悪く姉も居た。

メアリーがジュリアに辛く当たるようになったのは、それからだ。あのとき、自分が父の日記さえ見つけなければ、自分たちはそれまでどおりの家族でいられたのだ。

だが、日記を読むまで、ジュリアは自分たち家族に秘密があることをまったく知らなかった。それは、両親が子どもたちに等しく愛情を注いでくれていたからだ。

たとえ父親が誰であろうと愛情は芽生える。ならば、自分だって同じことができるはずだ。

しかし、ライデンの考えはジュリアとは違うようだ。

「ライデン様の口ぶりはご自分を責めているように聞こえます。いまだ継嗣を持たないのも、母子を苦しめたくないからですか?」

ライデンの発言は、自分をロレンス公爵にするために母が苦労したと思っているようにもとれる。

だが、それならばなぜライデンは母親との間に確執が生まれたのだろう。

「アデール様は身籠もっていらっしゃったんですよね」

「なぜそう思う」

その声音は、わずかに強ばっていた。

だから、分かってしまった。

彼らの子は何らかの理由で生まれてくることはなかったのだ。

ライデンはそのことに負い目を感じている。子を望まないのも、母子に苦労をさせたくないという思い以上に、その子のことが忘れられないからなのかもしれない。だとしたら、また自分は余計なことを聞いてしまったことになる。

だが、自分から聞いておいて、今さらやっぱり忘れてほしいとは言えない雰囲気だった。

「アデール様のお部屋に子ども用の玩具が置かれてあるのを見たからです。……でも、不躾でした。ごめんなさい」

　ライデンが口を開く前に謝ったのは、また場の雰囲気を壊して気まずくなりたくなかったからだ。

「そ……そういえば、あの花は何という名前なのですか？」

　話題を変えるために、ジュリアはアデールの部屋で見た造花について尋ねた。

「硝子ケースにしまわれてあったものです」

　落として壊れてしまったが、あのあとジュリアは一人でそれらを拾い集めた。捨てるのも忍びなくて、今は袋に入れて自室に保管している。

「フェリーチのことか。今では見かけることもなくなった、幻の花だ」

「可愛い名前ですね」

「妖精の寝床という意味だ。花の中で眠る妖精を見ることができれば願いが叶うと言われている」

　幾重にも重なった花びらがすべて咲ききった姿は、さぞ華やかだろう。万重咲きの優美な姿はぜひ実物で見てみたかった。

「台座にライデン様のお名前が書かれてありました。アデール様への贈り物だったのに、壊してしまってごめんなさい」

殺風景な部屋の中、あの造花だけがぽつりと飾られていた。

いたるところに無数の爪痕がある中で無傷だったのも、アデールが大切にしていたからだろう。

「――アデール様を大切に思ってらしたんですね」

ライデンは何も答えなかった。やはり、ジュリアには踏み込まれたくないことなのだ。

こんなに近くに居るのに、分厚い壁で遮られているみたいだ。

ジュリアは、感じるはがゆさにギュッと唇を嚙みしめた。

「必死だな、そんなに私のことが知りたいのか」

「――いけませんか？」

あざ笑われても関係ない。煙たがられているのなんて承知の上だ。今まで、こんなにも一人の人に近づきたくて必死になったことなどなかった。

家族を救うため。――けれど、本当にそれだけだろうか。

「その気丈さは生まれつきか。生意気だと言われるだろう」

嫌なことを言い当ててくる。

「うるさくしてごめんなさい。でも、これが私なんです」

言い切ると、ライデンがちらりとジュリアを見た。

「自分に嘘はつきたくないんです」

ライデンを知りたいと思う気持ちには、自分のことも彼に知ってほしいという思いもあった。生意気だと誹られても、今さら生き方を変えることはできない。

一瞬だけ、ライデンが眩しそうな表情をした。怪訝な顔をすれば「おかしな女だ」とぽつりと呟かれる。

声音に嫌悪の色が滲んでいなかったことに、少しだけホッとした。

「ライデン様は貴族ですもの。お知り合いになる令嬢も当然貴族の方たちばかりでしょう？　淑女教育を受けられた方たちに比べれば、私は生意気なはずです」

「お前も同じような学校で教わったのではないのか？　それで、これなのか」

「ひどい」

むくれると、鼻で笑われた。

「私に向かって臆することなく意見を言うのも、ロレンス公爵になるよりもやりたいことがあったのかと問うのも、お前だけだ。だいたい、さっきから必死に話しかけてくるが、私とする会話など、面白くないだろう」

「そ、そんなことありません！　他の令嬢たちは違ったんですか？　お母様が寄越して来たという……」

ライデンがわずかに口元を歪めた。

「どの女も報酬欲しさにやって来た者たちだ。だが、私を前に怯えていた。いや、私の噂に怯えていたのだろう。金を渡したら、そそくさと出ていった」

だから、ライデンはジュリアの目的がお金だと見当がついたのか。

「じゃあ、誰とも……その、関係を持たなかったんですか？」

「相手の魂胆が分かっているのなら、身体を繋げる理由もない」

つまり、ジュリアの場合は分からなかったというわけか。だからこそ、肉体的な快楽で目的を探ろうとした。昨夜の出来事にそんなライデンの思惑が潜んでいたなんて知らなかった。

「だ、だからといって、あれはやり過ぎです。合意のない性行為を世間では強姦と言うんですよ」

「十分、悦んでいたと思ったがな」

合意も同然だと言われた気がして、ジュリアは猛然と否定した。

「ち、違います！　あれは、ライデン様が無理やり……っ。怖かったんですから！」

気持ちよくなかった、と言えば嘘だ。正直な感想は、すごくよかった。あんな快感があるなんて、ライデンに教えてもらうまで知らなかった。

でも、それは初めての快楽に溺れただけで、合意とは違う。

「合意とは、二人の気持ちが通い合っていることを言うんです！」

「なるほど。その理屈で言えば、確かに合意ではなかったな。ならば、私は詫びなければならない。追い出すための手段にしても、卑劣だった。謝罪の証として慰謝料を払おう」

横柄な人のくせに、素直に非を認めたライデンに驚いた。謝罪の仕方がやや上から目線なのは気になるが、ロレンス公爵に謝罪を申し入れられることなど、二度とないだろう。

「……その件はもういいです。許可なくアデール様の部屋に入った私も悪かったんです。それに、私はお金が欲しくて言っているわけではありません」

「実際、金が欲しくて来たのだろう」

「それとこれとは、別の話です！」

ぴしゃりと断って、ライデンを窘めた。

むやみに与えられることを覚えれば、ろくなことがない。

「――その代わり、一つだけ質問に答えてくれませんか？　それで、おあいこにしましょう」

「お前は私を許すというのか。強姦は犯罪なのだろう？」

「私の質問に答えるという条件つきです」

念を押すと、ライデンの背中がくつくつと笑っていた。

「生意気で強かか。つくづく変な女だ。――それで、知りたいこととは何だ」

ようやくライデンの過去に触れる機会を得たのだ。

ジュリアは数ある疑問を思い浮かべながら迷った。自分が一番知りたいこととは何だろうか。

逡巡していると、「決まってないのか」と呆れ声で言われた。

「ごめんなさい。まさか了承してくれるとは思っていなかったんです。少し時間をくださいませんか？」

「好きにしろ」

ため息交じりの承諾にホッと胸をなで下ろした。あれこれ思案していると、「お前の弟は何歳だ」と問いかけられる。

「五歳になります」

すると、ライデンは一軒の露店の前で馬車を停めた。

毛皮でできた円筒状の帽子の他に、ラグや外套が並べられている毛皮専門店だ。

「降りろ」

「――え……？」

先に降りたライデンは、さっさと店の前に立った。

「いらっしゃい！」

彼は、景気のいい店主の声に頷いてから、ジュリアを見る。

「どれがいい。好きなのを選べ」

「ちょ、ちょっと待ってくださいっ。――毛皮なんて買える手持ちはありません！」

慌てて馬車から降りると、外套の裾を摑み小声で訴えた。

「誰がお前に買わせると言った。私が払う。それなら文句あるまい」

「大ありです。ライデン様に買っていただく理由がありませんっ」

「詫びのついでだ。受け取っておけ」

「だから、それは！」

いらないと言ったでしょう、と言いかけると、「うるさい」と手で口を塞がれた。

「ならば、交換条件だ。私がこれをお前にやる代わりに、お前も私の望みを一つ叶えるというのならどうだ」

「（の、望み）……？」

言葉にならない声に、ライデンが珍しく蠱惑的に微笑した。

「そうだな。……昨夜の続きでもしてもらおうか」

突然、何を言い出すのだろう。ジュリアは、黄褐色の双眸に間近から覗き込まれ、何も言えなくなった。

だが、ライデンの発言はジュリアを黙らせることこそが目的だったらしく、あっさりと買い物を再開した。

「子ども用はあるか。五歳の男児用だ」

「これなんかはいかがです？　手触りも最高、トナカイの毛皮でできていますよ！」

「いいだろう。それをくれ」

顔を真っ赤にして硬直している隙に、ライデンはさっさと買い物をすませてしまった。

(なんて卑怯な手を……っ)

ライデンは自分の容姿に無関心に見えるが、実際はどれだけ魅力的か理解しているに違いない。

「何をしている。行くぞ」

ぽすっと頭に柔らかいものが被さった。

びっくりして手をやると、手触りのいい毛皮が乗っている。手にとって見れば、ライデンが弟へと買ってくれたものとは違う、真っ白な毛皮の帽子だった。

「ロレンス領の冬は寒いぞ。帽子くらい持て」

弟の分だけでなく、ジュリアにまで買ってくれるなんて思ってもいなかった。

「どうして……」

突然の優しさに戸惑う。

「言っただろう。詫びのついでだと」

淡々とした口調には、少しだけ後悔が滲んでいた。

『誠実で生真面目で、情の深い人だ』

ダンの言葉がふいに蘇(よみがえ)った。帽子を買ってもらったくらいで、簡単に相手への印象を変えるのは違うと思うのに、思いがけない優しさが心に染みた。

「嬉しい……」

どうしよう、涙まで溢れそうになっている。

自分はこんなにも涙もろかっただろうか。慣れない環境で緊張し続けてきたせいか、不意打ちの優しさが胸の奥深くにしまってあった心の脆い部分を震わせた。

父の事業が傾き、母が倒れ、自分のせいで姉が豹変した。すべてを元通りにするためには、弱さは邪魔だった。けれど、ジュリアだって寂しいときはある。癒やされたいと思うときも、誰かに優しくされたいと願うときだってあった。

どうして、それをライデンが与えてくれるのだろう。

視界がぶれる。涙ぐんでいることを知られたくなくて、急いで俯いた。

「――ありがとうございます。大切にします」

それでも、涙声は隠せなかった。

「ふん。好きにしろ」

ぶっきらぼうな口調の裏にある気遣いが胸を打つ。ライデンはもしかして不器用なだけなのかもしれない。だから、極端な言動になるのだ。

ライデンは、母親から送り込まれてきた令嬢たちを「報酬欲しさにやって来た者たちだから、金を渡して追い払った」と言ったが、他に考えがあったのではないだろうか。お金を渡すことが令嬢たちを傷つけないですむ唯一の術だったとしたら、どうだろう。

そう思うと、彼への見方が変わってくる。

誠実で生真面目で、情の深い人。

それが本当なら、――もっと彼のことを知りたい。

「……はい」

買ってもらったばかりの帽子を目深に被って涙を隠した。荷馬車に乗り込むと、ライデンは静かに馬を走らせる。

「いつまで泣いている」

「う、うぅ――……、ライデン様が泣かせたんですよ」

「それは、すまなかったな。お詫びに何か買ってやろうか」

「嘘です。もう何も買わないでください……」

「どっちなんだ」

支離滅裂（しりめつれつ）な文句に、ライデンがおかしそうに言った。

（あ……、今。笑った？）

フードに隠れているが、声音は確かに笑っていた。

市場には馬車を停める専用の広場があり、ライデンもそこに乗ってきた馬車を預けた。

「それにしても大勢人がいますね。みんなロレンス領の人たちですか？」

道行く人たちは多少の差はあるものの、みんな清潔な服を着ている。街も荒んだ部分は見当たらないし、街自体がとても綺麗に保たれていた。

ロレンス領が裕福だからこそ、人々の生活も潤っているのだ。

「行商の者も居るが、たいがいはそうだ。この街はスピリカルトに関わる者たちが多く暮らしている」

肌の色も顔立ちも様々だ。いろんな土地からロレンス領を目指してやって来た人たちでできた街なのだろう。

「スピリカルトが採れる山って、えぇと、確か……あの山でしたよね？」

「違う。後ろだ」

左斜め前の山を指さしたジュリアに、ライデンがすぐさま訂正してきた。

「スピリカルトはファリア国の北東に連なる山脈でも、あの山一帯でしか産出されない」

「でも、天然の資源なら無限じゃないですよね」

口をついて出た言葉に、ライデンがうろんな表情をしてこちらを見た。

「あっ、――ごめんなさい」

「いや。そのとおりだ。いずれはスピリカルトに代わる産業を作り出さなければならないのは事実だ。年間の産出量を制限しているのも、過剰な流通を防ぐためだが、掘削権がロレンス公爵にだけ与えられている理由もこの資源を国で管理するためだ。だからこそ、公爵位を継ぐ者は、自分を律することができる者でなければならない。天から与えられし富を己の力と勘違いし、享楽に溺れることは簡単だ。だが、搾取しすぎれば、必ず何かしらのひずみが生まれるだろう。そのためにも、私自身が守り人であることを忘れてはならない」

あくまでも民の暮らしを豊かにするためのものであり、誰か一人の懐を潤すためのものではない。

そう断言したライデンは、ジュリアの知らない顔をしていた。それはライデンがロレンス領を統べる者としての誇りを感じている証ではないのか。

でも、彼は今の地位に喜びを感じていないと言った。

(どうしてなのかしら)

ライデンの価値観を変えさせてしまったものとは、いったい何なのだろう。

馬車停め用の広場を管理する男に金を渡し、馬を預かってもらうと、ここから先は足での移動だ。

手慣れた様子で準備をするライデンの様子に、ジュリアは彼が初めて市場へ仕入れに来たわけではないことを感じた。

「もしかして、これまでにも仕入れに来たことがあるんですか？」

「公爵になる前は社会勉強だとキースに連れられよく来ていた。が、それは口実であいつは単に荷物持ちが欲しかっただけだろうな」

「あぁ、……今、すごく想像できました」

きっと人畜無害な笑顔で言葉巧みにライデンを言いくるめていたに違いない。

ライデンはどんな顔でついてきていたのだろう。

仏頂面だったのか、それともわくわくしていたのか。

だが、キースのことだ。公爵になることしか考えていなかったライデンの息抜きをかねて、連れてきていたのだろう。

その場面を思い描いて一人クスクス笑っていると、準備を終えたライデンに不気味なものを見るような表情をされた。

「置いていくぞ」

ライデンは彼の背中ほどの大きさがある籠を肩に担いでいる。

「ま、待ってください！」

ジュリアも手提げの籠を持ち、人混みに紛れていったライデンを慌てて追いかけた。頭一つ分飛び出しているのを目印に必死に追いかけるが、歩幅が違うからなのか、それとも人の流れにうまく乗れないせいか、どんどん二人の距離が開いていく。

こんなとき、自分の背の低さが憎い。

時折、ぴょんぴょんと跳び上がりながらライデンを追いかけていると、突然目の前にライデンが立っていた。

「わっ！」

「行くぞ」

唐突に手を取られた。

ライデンの力強い足取りに引きずられるように歩き出す。

「ラ、ライデン様っ!?」

小声で呼びかけるも、ライデンの耳には届かなかったようだ。

握られた手が熱い。

「ま、待って。手が……、私、大丈夫です！」

「大丈夫なものか。これ以上、私の仕事を増やすな」

「ご、ごめんなさい」

抵抗をやめて押し黙ると、今度は突然ライデンが立ち止まった。

「誰も謝れとは言っていない。ただ、心配をかけさせるなと言っているだけだ。――それとも、私に触れられるのは怖いか」

ジュリアを気遣う言葉に、びっくりした。

目を丸くして、ライデンを仰ぎ見る。

(私が怖かったって言ったから?)

外套に隠れて表情までは見えなかったが、彼が気まずげな様子に感じたのは、きっと繋いだ手がほんの少しだけ熱くなったからだ。

「――いいえ。怖くないです」

今日のライデンは、ジュリアの知る彼とは別人のようだ。

ジュリアに優しくしてくれる。寒いからと帽子を買ってくれ、心配だからと手を引いてくれた。

いつもは無表情なのに、今だけは笑顔を見せてくれる。

(こんなの反則よ)

これに、絆されない女がいるだろうか。きっと彼が本気を出せば王女だろうと陥落させられるに違いない。

ひどい人なのに、胸がときめく。

「それで、何から買うんだ」

「あ、えっと……」

お仕着せのポケットから買い物リストを取り出そうとまごついていると、ライデンが籠を預かってくれた。

「すみません」

気遣いに詫びながら、リストを取り出す。そこにライデンが顔を寄せてきた。

急に近くなった距離感に、心臓が痛いくらい高鳴った。

「――ふん、これなら根菜からいくか。こちらだ」

再びライデンが歩き出す。今度は少しだけ歩調が緩くなっていた。

ジュリアに合わせてくれている。

優しいライデンに心臓がいくつあっても足りない。

仕入れに来ているだけなのに、心が浮き立っていた。

ジュリアは繋いだ手を離さぬよう握り返した。大きな手がとても頼もしかった。

よく連れて来られていたというだけあり、ライデンは実にうまく仕入れをした。貴族でありながら商売人としての才もあるらしく、店主との値段の交渉はジュリアよりもうまかった。そして、誰も彼がロレンス公爵であることに気づいていない。

特徴的な目と髪を隠しているせいもあるが、あのロレンス公爵が市場に居るはずはないという思い込みがあるからだろう。

ライデンに助けられながらも、順当に必要なものを買い込んでいく。リストに書かれていたものがすべて揃ったときには、ライデンの両手は荷物でいっぱいになっていた。

「あ、ジゼルへの果物を買い忘れてたわ。ライデン様、私ちょっと行ってくるので、先に戻っていてください」

　仕入れに行く前に、事前にジゼルから食べたいものを聞いていたのだ。

　青果店は市場の奥の方にあった。荷物を抱えたライデンに一緒に来てもらうより、ジュリアが買いに行っている間に、荷馬車に荷物を運んでもらった方が効率がいい。

「待て。一人で行くな」

「すぐ戻ります――！」

　言い終える前に走り出した。が、しばらくすると、やはり人の波に呑まれてしまう。

　どうにか人波をかき分け、ようやくそこから抜け出した。

「あ……れ？」

　青果店はまだ先だった。てっきり店の前だと思っていたのに。

（仕方ないなぁ）

　苦笑して、先を急ごうとしたときだった。

「君、一人？　どこ行くの？」

　後ろから肩を摑まれた。

「白い帽子に金色の髪がすごく綺麗で見惚れちゃったよ。後ろ姿だけ可愛い子はいっぱいいるけど、君は顔も可愛いね。ちょっと猫っぽい目元が特にそそる」

（何、この人）

いきなり人を呼び止めておいて、べらべらと勝手に話す男を、ジュリアは思いきりうろんな目をして睨んだ。

いでたちからして、富裕層に位置する男だろう。皺のない上着と汚れのない靴が、いかにも上流階級の人間らしい。軽薄さが際立っている口調に、思わず眉を寄せた。

このような男のことをジュリアはよく知っている。姉のメアリーが一時期夢中になっていた恋人も同じ類の人間だったからだ。

見かけがよくて口もうまい。相手を喜ばせることに長けているが、軽薄な雰囲気が苦手だった。ジュリアはできるだけ関わらないようにしていたが、却って男の興味を引いてしまったのだ。

二度と会いたくないと思うほど、思い出したくない過去だ。

「私、急いでますから」

「どこ行くの？　一緒に行ってあげるよ。なんなら買ってあげようか？」

「結構です」

しつこさに内心うんざりしながら、肩を掴んでいる手を振り払う。すると今度は腕を取られた。

「待って。名前、教えてよ。どこの子？　貴族……じゃないか。お仕着せ着てるもんね。黒が禁欲的でいいね」

男はジュリアを娼婦か何かと勘違いしているのだろうか。

「人を待たせているんです。放さないと大声出すわよ」

「あれ、怒ったの？　ムッとした顔もすごく可愛い。絶対名前教えてもらおう」

軽口を叩くも、腕を摑む手の力は強かった。

「誰があんたなんかに教えるものですか！　いいから放してよっ!!」

たまりかねて怒声を張り上げた刹那――。

「いっ――てぇっ!!」

それまでジュリアを摑んでいた手が、後ろから伸びてきた手に捻り上げられた。

「あ……」

「私のつれだ」

男よりも頭半分ほど高い位置から睨みつける黄褐色の双眸に、男は身体を強ばらせた。

「な、なんだお前はっ！　俺を誰だと思っている。お前ごとき平民が気安く俺に触れるな！」

気色ばんだ罵声にも、ライデンが怯む様子はない。当然だった。男がどんな身分だろうと、ロレンス公爵に敵う者などそう滅多にいるはずがない。

「貴様に名乗る理由はない」

言い捨て、男をぞんざいに払う。男は体勢を崩して、地面に転がった。

「大丈夫か」

「は、はい……。でも」

ちらりと地面に屈した男を見遣った。公衆の面前で面目を潰された男は、顔を真っ赤にさせながら憤怒の形相でライデンを睨んでいた。

「貴様ぁっ！」

ライデンは、殴りかかってきた拳を軽々と受け流し、再び男を地面に叩き伏せた。

「ぐ……あっ！」

その拍子に、ライデンの被っていたフードが外れた。現れた漆黒の黒髪に周囲が息を呑むのが伝わった。

「まさかロレンス公爵様……？」

誰かが呟いたのを皮切りに、辺りからは「ロレンス公爵」の名が次々と上がり始める。

男もまさか相手がロレンス公爵だとは思っていなかったに違いない。ぱくぱくと口を開けるも、声が出ていなかった。

騒然となった周囲の様子に、ジュリアは蒼白になった。

「行くぞ」

肩を抱かれ、強引に歩かされる。あれほど往来の激しかった場所に、さっと人の道ができた。

「三年もお屋敷から出てこられないと思ったら……公爵が使用人の仕事をしているなんて聞いたことないわ」

「ほら、公爵様のお母様のドロテ様が使用人を辞めさせたせいで、めっきり人が少なくなったからじゃないの」

「あら、私はアデール様の奇病を隠すために公爵様が解雇したと聞いているわよ」

次々に聞こえてくる噂話に、ジュリアはいっそ耳を取ってしまいたくなった。

あれほど知りたかったロレンス公爵家の過去を、こんな形で聞かされたくなかった。囁かれる陰口に、ジュリアは狼狽えることしかできなかった。

(どうしよう、私のせいだわ……っ)

自分が穏便に男をあしらえていれば、ライデンを好奇の目に晒すことはなかった。

ライデンは陰口が囁かれる中でも、毅然とした態度を崩すことはなかった。

荷馬車のところまで戻り、男から手綱を受け取る。

「世話になった」

「い、いえ……。滅相もございません……」

男はライデンの正体を知り、完全に萎縮していた。

領民に慕われるべき存在が畏怖の念しか抱かれていない。それは、心が苦しくなるほど悲しい現実だった。

ライデンはジュリアを座席の奥へ押し込むと、慣れた手つきで荷馬車を出した。

冬の夕暮れは早い。

街が見えなくなる頃には、茜(あかね)色は山際だけになり、空には群青(ぐんじょう)色の夜空が広がっていた。

沈黙が重い。

けれど、ジュリアには何も言えなかった。かける言葉が見つからなかったからだ。

「──大人しいじゃないか」

発せられた声には、わずかにからかいが混ざっていた。

ジュリアは小さな声で呻くように告げた。

「──ごめんなさい」

「今に始まったことではない。気にするな」

「でも……っ、──ライデン様が悪く言われるのは嫌です」

「お前には関係のないことだ」

一蹴され、言葉に詰まった。

関係ない。

ジュリアを拒絶する言葉に、心が痛む。

少しだけライデンが心を開いてくれた気がしたのは、勘違いだったのだろうか。

「──どうして、人を遠ざけているんですか？」

「それが質問か？」

往き道でした約束の質問はそれでいいのかと問われ、ジュリアは頷いた。

「そうです」

「てっきりアデールのことを聞いてくるかと思っていたんだがな。聞きたかったのだろう？　彼女が私の子を宿していたかどうか」

「——知りたくないと言えば、嘘になります。でも今は……」

言いよどみ、それからまっすぐライデンの横顔を見つめた。

「私はあなたのことが知りたいんです」

何も知らない人たちからの無責任な中傷が悔しかった。

だが、今のジュリアも彼らとさほど立ち位置は変わらない。

どうして自分は蚊帳(かや)の外なのか。ライデンを慰める言葉を一つも持っていないことが歯がゆかった。

噂なんて気にしないで。私はあなたの素晴らしさを知っている。

ジゼルたちなら言えるだろう言葉を、自分も言いたかった。

(関係ないなんて言わないで)

「教えてください」

ライデンの表情は薄闇に紛れてよく見えなかった。

ややして、細く息を吐く音が聞こえた。

「二度とアデールと同じ目に遭う者を生み出したくなかったからだ。——彼女は身分だけでロレンス公爵家に嫁いできた。ろくに話したこともない男との結婚だったが、当時の私も彼女も不自然には思っていなかった。そして、私との子どもを望んだ。だが、私は彼女との閨事を拒んだ。性行為が苦痛だったからだ」

「どうして？　愛が芽生えていなかったからですか？」

「閨事のたびに母が立ち合うからだ」

耳を疑う内容に、返す言葉が見つからなかった。

「母は何としてでも跡継ぎをと、毎日のように騒いでいた。そのためにも一日でも早くアデールを孕ませようとしていた。だが私は、兄の派手な女遊びを嫌悪してきたせいか、あまり性行為に興奮しない体質になっていた。ましてや、母に見られての行為で欲情などするわけがない。母は私が勃起しないのはアデールのやり方が下手だからだと決めつけ、しまいには手本を見せるとまで言い出した。以来、私は閨事そのものを拒むようになった」

理解の範疇を超えた出来事に頭がついていかない。

「アデールの死後も、母の息がかかった令嬢が何人も送り込まれてくるのに辟易した私は、自分の不利益になる噂を流させ、他人を遠ざけた」

「じゃあ、出回っている噂の出所は……」

向けたのだ。

「私自身だ」

なんてことだ。人の好奇心を逆手に取り、ライデンは自ら、他人が彼を遠ざけるよう仕向けたのだ。

ロレンス公爵という特異な立場も、彼にとっては都合がよかったに違いない。もともと謎の多い人物像は噂を増長させるにはうってつけだったというわけだ。

「でも、なぜそこまでしたんですか？　アデール様と同じ目に遭わせたくないって？」

「質問は一つのはずだぞ」

「私が納得するまでは答えになっていません」

中途半端では終われない。当たって砕けるつもりで食い下がった。

「──お前は、変な女だな」

ライデンは小さく笑うと、その先を話し出した。

「アデールは父親からの圧力に負け、不貞を働いた。そこで身籠もり、私との子にしようとしたのだ。彼女は私の母だけでなく、イデアール伯爵からも跡継ぎを成すよう強要されていたからだ」

「そんな……」

聞かされた過去に、つかの間言葉を失った。

「アデール様は何とおっしゃったの。身籠もってらしたんですよね？」

少しの沈黙の後、ライデンが静かに言った。

「彼女は身籠もったと思い込んでいたが、実際は違っていた。彼女の腹に宿った命はなかった。だが、薬で心を壊していた彼女には真実も現実も見えなくなっていた」

「心を壊すほどの薬なんて、いったい……」

「麻薬だ」

息を呑むと、「彼女は不貞相手から麻薬を使っての享楽に溺れさせられていた」と教えられた。

「気づいたときには、手の施しようがなかった。私にできたことは彼女をあの部屋に閉じ込め、薬の存在を忘れさせることだけだった」

部屋にあった無数の爪痕は、薬に溺れたアデールがつけたものだったのか。

「薬を忘れさせることなんて、できるのですか？」

「快楽だ。私はあの部屋でアデールを抱き続けた。生易しい行為では彼女は満足しない。息を荒らげ、目を見開き、痩せた身体で私の股間にむしゃぶりついてくる姿に、かつての面影はなかった。もはや人と呼べるものではなかった。それでも、彼女は私の妻だ。夫としてアデールを支える義務がある。夫婦の営みが倒錯的な行為になるまで時間はさほどかからなかった。とはいえ、アデールの身体はすでに妊娠できる状態ではなく、子もできなかった」

だから、ライデンはあのとき言ったのか。

『——そうか、犯罪なのか』

閉ざされた空間で正気を失った妻を抱きながら、ライデン自身も緩やかにおかしくなっていった。その中でどれが正しいのかも判断できなくなっていったのだろう。

「監禁して三年後、アデールは死んだ。悲しみはなかった。あったのは、彼女の狂気から解放された安堵と、空虚感だった。そこで私もまた人ではなくなっていることを感じた」

ふいにダンとの会話を思い出した。

(だから、みんなはライデン様も壊れてしまうと思ったのね)

妻の死を安堵するまでに至った心境など、ジュリアには到底理解できない。

明かされた過去は、ジュリアが予想だにしないほど壮絶で悲惨だった。

「お前の望む答えになっているか」

——言わせなければよかった。

ライデンの心の傷を抉ってしまっただろうことに、深く後悔した。

彼はどんな思いで過去を語ってくれたのだろう。辛くないはずがないのだ。

思い出したくないとすら考えていたのかもしれない。それでも、ジュリアとの約束を果たすためだけに彼は過去を話してくれた。

ライデンの誠実さがひしひしと伝わってくる。

自分がどれだけライデンを表面的な印象でしか見ていなかったかを思い知らされた。

「ごめんなさい……」

「なぜ謝る」

「だって……、私もあなたを傷つけたわ」

「お前が気にすることではない」

それがライデンの優しさから出た言葉だとしても、たまらなかった。

「どうしてですか？　お金のためにあなたの子を身籠もろうとしている私なんかに同情されたくないいから？」

「そうは言っていない」

「じゃあ、どういうつもりで私を遠ざけるんですか？　私は――、今日とても嬉しかった！」

ライデンが息を呑んだ。

「ライデン様が優しくしてくれて、すごく嬉しかったんです。弟のことを気遣ってくれたことも、人混みの中で手を引いてくださったことも。しつこい男から私を助けてくれたことも、全部が嬉しかった。だから、あなたのことを知りたいと思ったんです。もっとたくさん知って、それで――……ッ」

この気持ちを育てたい。

ライデンに感じる心のざわめきが何なのか、知りたかった。

馬車が止まった。

ライデンが馬を止めたからだ。

ほうっと息をつき、ライデンがこちらを見た。薄闇でも黄褐色の双眸は美しかった。

「お前は私が恐ろしくはないのか？」

「恐ろしくなどありません」

証明するために、ライデンの袖を摑んだ。

「ほら、震えていないでしょう？　信じられないと言うのなら、口づけてみせましょうか？」

無理やり手を出されたときは怖かった。けれど、快感に溺れたのは、手荒な行為ははじめだけだったからだ。ジュリアを快楽に導こうとした手に乱暴さはなかった。

思えば、彼の噂を聞いたときも、実際にライデンに会ったときも、自分は彼を恐れなかった。

返事がないのをいいことに、ジュリアは唇を寄せた。拒まれるかとも思ったが、ライデンは動かなかった。形のいいそこに、そっと口づける。

触れるだけの口づけだったが、恐怖心がないことを示すには十分だった。

「みんなあなたを心配しています。私もその中の一人になってはいけませんか……？」

ライデンの痛みを分かち合える権利が欲しい。

（あぁ、そうか。どうしてみんながライデンを見守るだけなのか分かったわ）

ライデンの人生は周囲から求められるばかりだったのだ。

生まれたときから母親にはロレンス公爵となることを求められ、アデールからは後継者と、快楽を。彼自身が欲したものは人生の中でどれだけあったのだろう。

ライデンを見てきた彼らだからこそ、要求しないことが彼への慰めになると知っていたのだ。

「お前を受け入れることはできない」

「何も望まないと誓っても……？」

「それを誓えば、お前がここに来た意味もなくなるだろう。残してきた家族はどうする？路頭に迷わすわけにはいかないはずだ」

ライデンの言うとおりだった。

今、ジュリアがそれをすれば、イデアール伯爵の条件を満たすことはできなくなる。

「アデールには私の子を身籠もることしか生きる術がなかった。父親のいいなりになる生き方しか教えられなかった彼女には、失うものなどはじめからなかったのだ。だが、お前には守るべき存在がある。私に意見できる強さも意志もある。ならば、お前をアデールのようにするわけにはいかない。――明日、小切手を切る。それを持って屋敷を去れ」

残酷な宣告に、愕然となった。

そのときだった。

獣の唸り声が聞こえた。

ライデンがハッとジュリアから視線を外し、周囲を見渡した。

「また野犬……？」

いつぞやの夜を思い出し、ぞくりと怖気が走った。

あの日は、ライデンの屋敷へ行くよう指示され一本道を歩いていて、変わらない景色と日が暮れたところに、ライデンを乗せた馬車が通りかかったのだ。だが、彼らに無視され途方に暮れていたジュリアに近づいて来たのが、野犬たちだった。

あのときはライデンが猟銃で追い払ってくれたが、今度もうまくいくとは限らない。

「ジュリア、銃はどこだ」

ジュリアはふるふると首を振った。

「……持ってきていません」

ロレンス公爵家の立地を考えれば、護身用の猟銃を携帯するのは当然だ。だが、港街育ちのジュリアは完全にそのことを忘れていたのだ。

「も……申し訳ありません」

唸り声は徐々に増えてくる。

「ライデン様。どうしよう……」

薄暗がりから見える獣たちの目は爛々としていた。気のせいか、あの夜よりもやつれているように見える。

(食べ物の匂いにつられて出てきたんだわ)

ならば、目的は荷台にある食料だ。

馬も犬たちに興奮し出している。落ち着きのない様子から、ライデンは危険だと判断したのだろう。

「仕方ない、荷物は捨てる。このままでは犬たちに追いつかれるからな。ジュリア、馬に乗った経験はあるか」

「は、はい！　学校で習いました」

「よし、先に馬に移れ」

手を引かれ、荷台の座席から馬の背へと追いやられた。ライデンは犬たちに警戒しながら、ゆっくりとした動作で荷物の中から燻製を取り出す。

途端、野犬たちが目の色を変えた。

ライデンがそれを馬車の後方へ放り投げる。

咆哮を上げ、野犬たちが燻製の塊(かたまり)に群がった。その隙に、ライデンが馬車と馬を繋げる連結部分の留め具を引き抜いた。

「はっ！」

それから彼は素早く馬に飛び乗り、合図と共に馬を走らせる。

「――ッ！」

鞍のない馬に乗ったのは初めてで、ライデンが後ろから抱きしめてくれなければ、自分で身体を支えることすらままならなかった。

（速い――ッ！）

速歩までしか習わなかったジュリアでは、初めて体感する速さにどうすることもできない。無我夢中でたくましい胸にしがみついた。

「大丈夫だ」

地面を駆る蹄の音に混ざるライデンの囁き。

見た目よりもずっとたくましい胸板からはライデンの鼓動が聞こえてくる。

幸い、野犬たちは追ってこない。腹を満たすことに夢中なのだ。

明かりは月の光だけ。

視界の悪い山道をライデンは迷いなく馬を走らせていく。どこまで来たのだろう。ライデンが馬の歩みを緩めた。

「ここまで来れば、大丈夫だろう」

確信の籠もった声音に、ジュリアはおそるおそる顔を上げた。

「ツリーハウス……？」

月明かりに浮かび上がったのは、木に絡まるように建てられた家だった。

尖った三角屋根は朱色、壁の半分は蔦で覆われていて、まるで魔女の隠れ家のようだ。

ライデンはジュリアを地面に下ろしてから、木の下に馬を繋いだ。その後ジュリアを促し、螺旋階段を上ると中へ入る。

ライデンが部屋の明かりをつけた。

室内は外から見るよりもずっと広く感じた。中二階のようなつくりになっていて、上の階にはベッドがある。ソファや調度品、簡易式の暖炉まで備えつけられていた。

ロレンス公爵家のような重厚なものではなく、木の温もりを感じる明るい色の家具は、どこか愛らしさがあった。

部屋を照らす橙色の明かりが、室内を優しく包んでいる。ライデンは手慣れた様子で暖炉に火を入れた。

森の中にこんな場所があるなんて知らなかった。

窓の外に見えるのは木の枝だけ。ライデンは月明かりを頼りに馬をここまで走らせてきたというのか。

「座れ。飲み物を出そう」

「いいえっ、私がします」

「お前はこの家のどこに何があるのか知っているのか？」

もっともな意見に、ジュリアは伸ばした手を引っ込めた。暖炉の火を使ってポットで湯を沸かし、陶器製の蓋のついた容器から焦げ茶色の粉をカップに入れた。沸いた湯を注いでジュリアに差し出す。

ふわりと漂う甘いチョコレートの香り。

「ココア？」

「子どもには十分だろう」

「私は十八です！」

ムキになって言い返すと、ライデンが肩をすくめた。

「十五くらいに見えるぞ」

嘯き、ライデンは棚からブランデーの瓶とグラスを取り出した。琥珀色の液体が金で装飾されたグラスの底に溜まっていく。

（私のためにお湯を沸かしてくれたの？）

これがライデンの優しさなのだ。

身に染みて感じれば、小馬鹿にされたことも許せた。

「――ありがとうございます」

ジュリアは手近な場所にあったソファに腰掛けてココアを飲んだ。

「美味しい」

外套を羽織っていたとはいえ、身体は冷えていた。冷たくなった指先にカップから伝わる温もりがありがたかった。

「馬を外に出したままで大丈夫なんですか？　あの犬たちがやってくるんじゃ……」

「その心配はない」

ライデンの言葉に呼応するように、扉が外からガリガリと掻かれた。野犬が追ってきたのかと身体が震える。

「大丈夫だ」

怯えるジュリアを宥めて、ライデンが扉を開ける。すると、のそりと野犬よりもさらにひとまわり大きな体軀の狼が現れた。

「ひ――」

「こいつは人を襲わない。お前も以前、助けてもらっている」

ライデンと初めて会ったときのことだ。猟銃を構えた彼の背後にいたもう一つの存在。それがこの狼だったのだ。

心を見透かすような深い闇色をした瞳が、ジュリアを見据えている。

（なんて大きいの……）

目を逸らした瞬間には喉に嚙みつかれてしまいそうな大きな口に、全身から汗が噴き出した。

だが、ややして狼はジュリアに興味を失ったのか、ふいっと顔を逸らすと暖炉の一番いい場所を陣取って寝そべった。

慣れた様子に呆気に取られる。

人が怖くないのだろうか。

「こいつは昔からこうだ。危険がないと知れば人を恐れない。私がこの家を作り直したあたりからやってくるようになったんだが、もしかしたら祖母に懐いていたのかもしれない」

「それじゃ、この家はお祖母様が住んでいらしたんですか？」

「そうだ。ロレンス公爵家は滅多に社交界に出ることはない。生涯を領地の屋敷で過ごし、土地を守るのが役目だ。祖母はこの森を愛し、ツリーハウスを作って、ここを終の住処とした」

だから、内装が愛らしいのか。

「祖母が他界してから空き家となっていたのを、三年前に私が作り直した。こいつはその頃からやって来ている」

我が物顔で寛ぐ狼をライデンが慈愛に満ちた眼差しで見つめた。

人に対して無愛想な彼も、動物には本来の姿を見せているのだ。

狼は必ずライデンがツリーハウスに居るときにしか中に入ってこないという。おそらく、窓から漏れる明かりを見てやってくるのだろう。

ただ、ライデンは同じ空間にいても滅多にその狼にかまわない。狼もまたライデンに身体をすり寄せたりはしないようで、お互いが祖母の残した空間で思い思いに寛ぐという奇妙な関係なのだとか。

「荷馬車の扱いに慣れていたのは、ここの改修作業で使っていたからだったんですね」

「森の管理をするのにも使い勝手がいいからな。三年のほとんどをこの森で過ごした」

懐かしそうに目を細めるライデンを見て、様々なことに合点がいった。

社交界に出てこなくなったのは、森に潜んでいたからだったのか。彼にまつわる噂も、紐解いてみれば理由がある。

「狼の気配があれば、犬は近寄ってこない。今夜はここに泊まり、明日屋敷に戻る。ジュリアは上のベッドを使え。あとで着替えを渡す」

「そんなっ、このままで大丈夫です。それに、私がベッドを使ったらライデン様はどちらで眠るんですか？」

「ソファに決まっている」

ジュリアは全力で首を横に振った。

「私がソファで寝ます。主のベッドを使うことはできません！」

「私がいいと言っている」

「それでもです！」

「なら、一緒に寝るか」

とんでもない提案に、それこそジュリアは頭が取れそうなくらい強く首を横に振った。

「私の子を身籠もりたいのではなかったのか？」

「そ、それでもです！」

ライデンの過去を知った今は、彼に何かを求めることなどできない。ジュリアはこれ以上、ライデンから何も奪いたくなかった。

「あれも駄目これはできないと、面倒くさい奴だ」

そう言って、ふとライデンが視線を細めた。

「お前は何を望んでいるのだ？」

「ライデン様？」

「――いや、いい。忘れてくれ」

声音から感じた寂しさに胸を打たれた。彼にそんな声を出させてしまう自分がふがいなく思えた。

（私はまだ、ライデン様にとって〝関係ない人〟だから……）

ジュリアには、彼が今何を思っているのか分からない。

――アデールなら、彼の気持ちが分かっただろうか。

父親から命じられるまま不貞を働き、その末に薬で身体も心も壊してしまった。お人形のような人だったとしても、彼女にだって心はあった。

ライデンの側で暮らし、彼のことを誰よりも近くで見てきた彼女なら、ライデンの気持ちを推し量ることができるのだろうか。

そうだとしたら、羨ましい。

ライデンが彼女の夫であり続けたのは、責任感だけだったのだろうか。

アデールに贈ったフェリーチの花に、ライデンは何を願ったのだろう。

（ライデン様は愛してたのかな……）

つらつらとライデンたちへの思いを巡らすも、彼が淹れてくれたココアの甘さがそれらを溶かしていく。

（優しい場所）

ここは言葉で時間を埋めなくても、居心地の悪さはない。

ライデンの祖母が作った空間には彼女の人柄が表れている。きっと大らかで心優しい人だったに違いない。そんな場所だから、狼も居着くのだ。

ぱちぱちと薪が燃えていた。

ゆったりとした時間と、心地よい空間に心がほぐれていく。

「――アデールはもともと自分の意志を持たない女だった。イデアール伯爵が暴力によって彼女から自我を奪い、自分の意のままに動く人形としていたのだ」

ライデンも近くにあった椅子に腰掛け、ぽつり、ぽつりとひとり言のように過去を話し出した。

イデアール伯爵は見た目こそ穏やかに見えるが、強欲で自己顕示欲が強く、思い通りにならなければ女子ども関係なく手を上げる男だった。アデールの身体には打擲(ちょうちゃく)の痕があったという。抗議しようとしたライデンを止めたのは、アデールだった。

『どうか父を責めないでください。私が至らないせいなのです』

あくまでも非は自分にあると言い張るアデールの健気な気持ちを汲み、目を瞑った。イデアール伯爵がロレンス公爵家と縁続きになることで、スピリカルトの恩恵にあずかろうとしているのを承知で結婚を受け入れたのは、ライデンの父であり、ライデン自身だ。

「当時、私は十九だった。他人に見られながらの性行為を嫌悪した私は、母のなすがままになっているアデールをも遠ざけるようになった。そのことが、さらにアデールを苦しめた」

イデアール伯爵とライデンの母親から跡継ぎを設けることを強要され続けたアデールは、誰にも助けを求めることもできず、窮地に追い込まれていった。不貞は父親から命じられてのことだったが、アデールにとって唯一の解決策であり、心の救済でもあったのだ。

一年後、アデールに妊娠したと告げられるまで、ライデンたちは夫婦の会話すら持たなかったという。

「アデールの相手は、私の兄だった」

業を煮やしたイデアール伯爵が目をつけたのが、指名争いに負けたライデンの異母兄だった。彼はライデンとは違い、享楽に溺れ、女を抱くことに何の躊躇いも嫌悪も持っていない。人妻だろうと金を積めば喜んで抱いた。

「ひどいわ……」

零れ出た非難の言葉に、ライデンが失笑した。

「誰がだ？　娘を己の道具としか扱わなかったイデアール伯爵か？　それとも父親のいいなりになって私を裏切ったアデールと兄か？　彼女の苦悩に気づこうとしなかった私か？」

自嘲気味に笑う姿に、かける言葉がなかった。

「母は腹の子の父親が兄であると分かった途端に怒り狂い、アデールに堕胎を迫った。母が望んでいたのは私の子、ひいては自分の血を引く子どもだったからだ。私は母を領土の端にある別邸に退去させ、アデールをあの部屋に閉じ込めた」

言葉を切ったライデンが物言いたげな表情でジュリアを見つめた。

「兄は言ったよ。お前みたいな男に嫁いだことがアデールの最大の不幸だと」

「そんなこと――」

「ないとは言い切れまい。お前がアデールならどうしていた？　義母に見られながら夫に孕まされる恥辱に耐えられたか？　父親に鞭打たれる恐怖に打ち勝てたか？　妻と向き合おうとしない夫を信じ続けることができたか？」

矢継ぎ早の問いかけは、きっとジュリアに対してではないのだろう。彼が本当に聞きたい人は、アデールなのだ。

ライデンがグラスを呷った。

「アデールは享楽的な兄に抱かれた上に、薬漬けにされていた。妄想を現実だと信じ込み、奇声を発しながら〝抱いてくれ〟とせがんでくる毎日は、途方もない苦行の時間に思えた。アデールの奇行に耐えられず、使用人たちは次々と辞めていった。私は彼らに金を与え、口止めすることで彼女の名誉を守った。――守っているつもりだった」

ライデンの告白は痛切だった。

他人の痛みを想像することはできても、軽々しく同調などできる内容ではなかった。

ジュリアは彼が話しきるまで黙って聞いていることしかできなかった。

「アデールの心を知ったのは、彼女が薬に蝕まれてからだ。〝愛していたのに〟と言った。そして、兄の子を身籠もったのは私への復讐だったと告げた」

兄とライデンとの確執を彼女はどこかで聞いたのだろう。父親に命令されたとはいえ、心を置き去りにしたまま身体は開けない。アデールは自分を拒絶したライデンを憎んだ。愛しいから、愛を憎しみに変えたのだ。

「アデールはいつも伸びっぱなしの金色の髪に、白い寝間着を着ていた。お前をテラスで見たとき、彼女が蘇ったのかと思った。彼女は死の間際、私に言った。〝私を殺すのはあなた。私が死んで嬉しいでしょう？〟と笑っていた」

「どういうことですか。アデール様を殺すって……」

「アデールは私との性交中に死んだ」

死の間際、貞淑で自分の意志を持たない、かつてのアデールの姿はなかった。薬の力で箍を外され、彼女の心が自由になったからこそ、望むままライデンを求めた。それゆえに呪いじみた彼への不満すらも口にできたというわけだ。

「あんな死に方をさせるくらいなら、早々に離縁してやればよかった」

初めて聞いた後悔だった。

ジュリアはライデンを見つめながら、首を横に振った。

「でも、できなかった。イデアール伯爵のもとへ戻せば、また彼女が傷つけられると知っていたからこそライデン様は手元に置き続けた。そうすれば、アデール様がぶたれることはないもの」

正気を失ったアデールを最期まで世話したのも、彼女を父親のもとに戻さなかったのも、夫としての義務をまっとうしたかったからだ。けれど、本当にそれだけだったのだろうか。

現実が過酷すぎて、彼は大切なことを見落としてしまっている。

「あなたはアデール様が好きだった。違いますか？」

ライデンは情の深い人だ。不幸な境遇で育った妻に何も感じなかったはずはない。なぜなら、その境遇はライデンと似ているからだ。互いに求められることでしか、自分の存在意義を認めてもらえなかった。

心を燃やすような激情だけが、愛の形ではない。互いの傷を労りあう愛だってあるはずだ。

「私には……分からないのだ」

与えるのが当然だった人生において、彼が求めたものはきっと大それたものではなかっただろう。少なくとも、ロレンス公爵を目指したきっかけは母親に喜んでもらいたい、褒めてもらいたい。笑いかけてほしい、抱きしめてほしい。その程度だったのではないのか。けれど、自分の気持ちも整理できないまま、厳しさばかりがライデンを縛った。アデールへの気持ちが何なのかを探り当てるだけの愛を彼は知らないのかもしれない。

「アデール様の不貞を知って、どう思ったの？」

「――愚かだと。なぜよりにもよって兄なのかと思った」

ライデンの言葉一つも取りこぼしたくなくて、カップを脇に置いて身体を寄せた。

「腹立たしかった……。ロレンス公爵夫人としてあるまじき失態だと思い、二度と兄と会わせてはいけないと……。いや、母から守らねばならないと。狂乱するアデールを人目に晒しては駄目だと」

ライデンが語る言葉は、憤りに嫉妬、そして庇護欲。

「彼女に子ができなかったのは、私のせいだ。だが、アデールだけを苦しみの中に置いてきてしまった。私が彼女を壊したのだ。生涯をかけて償わなければいけない」

その激しい後悔が彼女に抱いていた気持ちを隠したのだろう。なぜなら、彼にとって愛は希薄なものだったからだ。

もし、少しでも互いに気持ちを伝えることができていれば、こんなに悲惨な結末にはならなかったかもしれない。

ライデンはこの森で、失った愛を慰めている。

でも、一人では自分の気持ちすら気づけないでいるのだ。

（こんなの敵わない――）

生き方を変えてしまうほど彼の心を縛ったアデールに誰が敵うというのだろう。ライデンが令嬢を送り返していたのは、面倒ごとを嫌っていただけではない。心にアデールへの恋慕が残っているからだ。どこにも行けなくなった恋心が孤独となって彼を覆っている。

（私に何ができる？）

傷ついているライデンを癒やしてあげたい。気がつけば、手を伸ばして、彼を頭から抱きしめていた。

「――やめろ」

「やめません。傷ついたら、誰かに抱きしめてもらうものなんです。あなたはそんなことも知らないのね」

誰も彼を抱きしめてあげられなかった。ジゼルやキースはどんな思いで苦難に耐えるライデンを見ていたのだろう。きっと歯がゆくて仕方なかったはずだ。けれど、手を差し伸べることは彼の父親から固く禁じられていたのかもしれない。彼らもライデンこそ継嗣に相応しいと感じていたからこそ、父親の命に従った。

だが、もう彼の父親はいない。ライデンに執着していた母親も側にいない。

(だったら、抱きしめてもいいはず)

周囲にたくさんの愛が溢れていることを、ライデンに知ってほしい。森の中を好むのは、無意識に心が命の温かさを求めているからではないのか。

顔を上げ、旋毛(つむじ)に口づけた。母親が子どもにするように、目一杯の慈しみをもって、ライデンを慰めた。

びくりと腕の中で彼が緊張したのが伝わってくる。

「怖くないわ」

自分はライデンに何も求めたりしない。傷つけもしない。

(ライデン様を慰めたい)

何度も口づけを繰り返した。額に口づけると、ライデンがゆるりと顔を上げた。いつも綺麗だと思っていた黄褐色の双眸。瞼に口づけて、通った鼻梁にも口づけを落とした。頬にもたくさん唇で触れた。

ライデンがうっすらと目を開けた。長い睫に縁取られた眼差しには、戸惑いと、焦れた光があった。

彼の手がジュリアの頬に触れた。髪に指をくぐらせ、感触を確かめるように指を動かす。

唇から熱っぽい吐息が零れると、ライデンの唇で塞がれた。

第四章

ジュリアたちがツリーハウスから戻ってきたのは、翌日の早朝のことだった。

朝食の準備がすむと、ジュリアは中庭に行き、執務室へ飾る花を庭師から分けてもらった。

今日はサザンカだ。

ロレンス公爵家の中庭には様々な国の花が植えられているが、ライデンはさほど花に興味を示していない。

(誰の趣味だったのかしら？)

ジュリアは摘んだばかりの花を一輪挿しに生けて、執務室へ向かった。

「――ライデン様？」

穏やかな朝日が、窓際に立つライデンの端正な顔立ちに陰影を落としていた。心に染みいるような美しさが目に染みる。彼の手には一枚の紙が握られていた。

嫌な予感がした。

「お前に渡すものがある」

近づき、ライデンがそれをジュリアに差し出した。

その正体を知り、ジュリアはみるみる目を丸くする。

「何で……?」

小切手だった。並んだゼロの数の多さに愕然とする。ジュリアは小切手とライデンの顔を交互に見遣った。

「ジュリア、家に戻れ」

これまで、ことあるごとに「出ていけ」と言われたが、「家に戻れ」と言われたのは初めてだった。

ライデンの中で、ジュリアへの認識に変化があったのだろうか。

けれど、彼はいまだにジュリアを遠ざける。

(なぜなの……?)

心を見せてくれたと思ったのは、ジュリアの思い違いだったのだろうか。

ジュリアは小切手に目を落とした。

喜びなんてなかった。感じるのは虚しさと、拒絶され続けることの悲しさだけ。

結局、自分は他の令嬢たちと同じような扱いをされるのだ。

心を寄せたくても、ライデンが心を開いてくれないのではどうしようもない。

しかし、ライデンからの申し出は願ってもないことだった。

これだけあれば、父は事業を立て直せる。それだけではない。暮らしだって見違えるほどよくすることができるだろう。

ジュリアはイデアール伯爵から援助を受けるために、ロレンス公爵家に来た。お金が手に入るのなら、何も従う相手はイデアール伯爵でなくていい。むしろ、屋敷を出ていくだけで大金を得られるのだから、彼の申し出を受けない理由はなかった。

すべてを解決できる手段をたった今、提示されたのだ。

「――どうしてですか？」

気がつけば、口から言葉がこぼれ落ちていた。

「私はあなたの側に居たいと言いました」

「駄目だ。お前を必要としている者が居る。そこに戻れ。弟や家族も心配しているはずだ」

「だったら！　……ライデン様にとって私は必要ないんですか？　私は――……っ、私の気持ちはどうすればいいの？」

「気の迷いだ」

「違う！」

一蹴されて、反射的に叫び返した。

「どうして分かってくれないんですか？　私があなたの側にいたいのっ。こんな優しい人が傷ついているのに、放っておくことなんてできるわけないっ。——どうしたらいいの……。私はあなたを癒やしたい」

こみ上げる激情が喉の奥を熱くする。

伝わらない想いがもどかしくてならない。

「お金は欲しいわ。——でも……っ」

唇を塞がれたのはその直後だった。

突然、唇を強く押し当てられた。

驚き目を開ければ、ライデンも薄目を開けていた。

黄金よりも明度の高い吸い込まれそうな色合いの瞳に、視線が釘付けになる。

直後、腰をさらわれ激しく口づけられた。

「ふ……ンン……っ」

舌で唇を割り開かれ、口腔を貪（むさぼ）られる。

普段のライデンからは想像もできない荒々しさに、戸惑う。

ぴたりと密着した身体からは、体温と彼のたくましさが伝わってきた。

見た目以上に厚い胸板、引き締まった体軀は硬く大きい。

扇情的な口づけが、ジュリアを翻弄した。

舌先が歯列を舐め上げ、上顎を執拗に摩る。そのたびにむず痒さが背中を走った。押しのけようにもライデンはびくともしない。それどころかより深く唇を重ねてきた。

まるでジュリアから愛を貪るような、情熱的な口づけに目眩がする。

息苦しさに頭がぼうっとしてくると、膝の力が抜けた。

ガクンとくずおれそうになったところをライデンに支えられた。反対の手にはいつの間にか一輪挿しが握られていた。

「――合意もなく唇を奪う私が優しいか？」

「ええ、そうです」

断言して、まっすぐライデンを見据えた。

「何度言われても、私は屋敷を出ていきません」

「後悔すると分かっていて、愚かなまねはするな」

「今、あなたからお金を受け取ったりしたら、そのほうが私は一生後悔して生きていくことになるわ。――どうして追い出すの？　私があなたの過去を知りたいと望んだからですか？　だったら、二度と詮索なんてしません。それに、私が居なくなったら、誰が屋敷の管理をするんですか？　ジゼルはまだ熱を出して寝込んでいます。ライデン様は彼女にこれ以上の負担をかけるつもりなのですか？」

　ジゼルはジュリアが困っているときに手を差し伸べてくれた人だ。なのに、目的が果たせたからといって彼女を放り出していくというのはあまりにも薄情ではないか。

「お前の代わりを雇う。簡単なことだ」

「いいえ、難しいことです。――たとえ、新しく使用人を雇ったところで、長くは続かないはずです」

「なぜ、そう思う」

「ライデン様が他人を遠ざけていらっしゃるからです。そんなに自分のせいで誰かが傷つくのが嫌なのですか？」

　ジュリアはもう何も知らないわけではない。

　アデールとのことも、母親との確執も聞いた。だからこそ、ライデンの気持ちを推し量ることができる。

「でも、人ってそういうものでしょう？　誰かを傷つけて、傷つけられながら生きていく。だからこそ、守りたいと思うし、愛おしいと感じるの」

　あぁ、そうか。

　自分の言葉に、ふと気がついてしまった。

　ライデンは、ジュリアを傷つけたくないと感じているのかもしれない。

けれど、ライデンはずっとこのやり方でしか令嬢たちを守ってこなかったから、他の術があることを知らないのだ。

「私は平気です」

まっすぐライデンを見据えて、宣言した。

「こう見えて、結構打たれ強いんです。多少傷つけられたって一晩寝れば元通りになるんです。だから、安心して側に置いてください」

キースにジゼル、ダンに庭師、そして残りのメイドたち。

彼らに共通することは、自分を見失わないでいるということだ。他人の中傷や悲観にも揺るがない屈強な精神があるからこそ、自分たちが信じるものを貫き通せている。

ライデンへの信頼だ。

ならば、自分もそれを持ってみせる。

「――おかしな女だ」

ややして、諦めたようにライデンがクックッと笑い出した。身体を離し、小切手をジュリアの手に押し込んだ。

「ライデン様ッ、だからこれは――」

「要らなければ、破いて捨てろ」

とんでもない発言に目を剝けば、「お前みたいな女は初めてだ」と言われた。

「それって、あなたの言うことを聞かないという意味ですか？」

「見た目は花のようだが、性格が雑草よりもたくましいということだ」

「雑草って、ひどいですっ！」

むくれると、おもむろに頭を撫でられた。

「だが、悪くない。生意気だがな」

そう言って、ライデンは艶やかに微笑んだ。

どきりと鼓動が跳ねる。

なんて破壊力のある微笑なのだ。間近で見てしまったジュリアは、一瞬で顔を真っ赤にさせてしまった。

（でも、側に居ることを認めてくれた）

この場合、ジュリアの粘り勝ちなのだろうが、ライデンの側に居られることに喜びと安堵を感じていた。

家族の顔がちらつかなかったわけではない。けれど、垣間見た彼の心があまりにも痛々しくて、見ていられなかった。

長くは側に居られないことも分かっている。ならば、せめてあと少しだけ。自分に許されている期限いっぱいまでは、ここに居たい。

残りの期間はあと半月と少し。

それまでは、ライデンのために時間を使いたい。

(ごめんなさい、父様。母様、アーサー、そしてメアリー姉さん。あと少しだけ私のわがままを許して)

「私に何ができますか……？」

綺麗な双眸を見つめ、問いかけた。

どうしたら、ライデンを癒やせるのだろう。

ライデンがつっと目を細めた。

「仕事に励め。それだけでいい」

そう言って、持っていた一輪挿しを執務机に置いた。

何気ない言葉だが、今のジュリアには十分だった。

「はい！」

やる気に満ち溢れた返事をし、ジュリアはライデンに一礼した。

☆★☆

――私はあなたを癒やしたい。

告げられたばかりの言葉が、胸にいつまでも響いていた。

そのためなら自分が不幸になってもかまわない。傷ついても平気だと言ってのけた。愚かな女だ。そして、傲慢だ。ジュリアは簡単に人の心を動かせると思っている。

だが、その潔さと純真さにも惹かれた。

翡翠みたいな碧色の瞳で、偽りのない気持ちをぶつけてくるいじらしさに、思わず手を伸ばしてしまった。

小さな身体で抱きしめられたのは、まだ昨日のことだ。

思えば、あんなふうに誰かに抱きしめられたことなどあっただろうか。母からも与えられなかった温もりを、ジュリアは当たり前のように教えてくれた。

あのとき、確かにライデンの心が震えた。

だからこそ、自分になど関わらせてはいけないと思ったのだ。家族を救う金欲しさにやって来たのなら、十分な金を持たせて、彼女が住む場所へ帰すべきだ。

ジュリアは自分とはかけ離れた世界で生きてきた者であることは、はじめから分かっていた。

冷酷非道な妻殺しと噂されているロレンス公爵を前にしても物怖じしない態度。素直で情に厚く、困っている者を見過ごせない性格。きっと愛されて育ってきたからだろう。

「――参ったな」

ジュリアみたいな女にこれまで出会ったことがないから、扱いが分からない。

求められることばかりの人生の中で、誰かから何かを与えられることなど、どれだけあっただろう。

側に置けば、またあの温もりに触れることができるかもしれない。心ごと包まれるような満ち足りた感覚は、手放すにはあまりにも惜しい。

アデールが死んで、誰も側に寄せつけなかった自分が側に居ることを許した存在は、自分よりもはるかにか弱い。なのに、自分は彼女のくれた温もりにこんなにも心が揺さぶられている。

いずれは家に戻してやらなければならないが、あと少しだけジュリアを知りたい。

彼女にどんな事情があろうともだ。

机の上には、先ほどキースが届けに来たジュリアの詳細な身辺調査の報告書が置かれていた。そこにはアデールとジュリアが血縁関係にあることが示されてあった。

「……おかしいのは私も同じか」

ライデンはサザンカを指で揺らして、小さく笑った。

それから数日、ジュリアは人の倍働いた。というのも、ジゼルの体調が一向に回復しな

いからだ。

ジュリアはできるだけジゼルの部屋に食事を運んで一緒に食べるようにした。一人で食べる食事はどうしても味気なくなり、食欲も落ちてしまう。だが、二人なら食べる気になってくれると思ったからだ。これは、母の世話をして学んだことだった。

その日あったことや、ライデンのこと。ジュリアはいろんな話をジゼルに話して聞かせた。

ライデンは近頃、ジュリアを森のツリーハウスへ連れて行ってくれる。

というのも、彼が森に出かけようとする姿を見つけるたびに、ジュリアがねだっているからだ。

ライデンは困惑気味に顔を顰めるが、あからさまな拒絶は口にしなくなった。

ジュリアの存在を受け入れつつあるが、どう対応していいのか考えあぐねている。そんな彼の気持ちが透けて見える表情が少しだけおかしかった。

だが、ジュリアには使用人の仕事があるので、行けるのは休憩時間に限られてくる。そのため、ジュリアがツリーハウスに行けるのは三日に一度がせいぜいだった。

それでも、彼に近づくこともできなかった頃を思えば、考えられないほどの進歩だった。

あの日から、ライデンとの間にあった壁が薄くなった気がする。以前よりもジュリアに向ける表情も豊かになった。

森に籠もっていたというだけあり、ライデンは森の植物に詳しかった。もともと何かを学ぶことは苦でないらしく、文献を漁り、独学で知識を身につけたらしい。

森の中は不思議と心が落ち着く。

ライデンも同じ気持ちになるらしく、時々自分のことを話してくれた。

だいたいがアデールとのことだった。

「晴れの日はよく、中庭に居た。アデールは花が好きだった」

ライデンはひとり言のように彼女のことを語った。

だから、ジュリアはあえて何も問いかけなかった。頷き、聞き役に徹した。彼は、彼女との結婚生活を振り返ることで、心の整理をしているようにも思えたからだ。

凄惨な印象しかなかった彼の過去も、アデールの思い出が加わることで、それだけではなかったことがうかがい知れた。

言葉にすることでライデンの中に居るアデールの姿が変わりつつあるのだろう。

ライデンが最近頻繁に森を見て回っているのには、理由があった。森を管理する者としてジュリアたちを襲った猟犬たちを見過ごすことができないでいるのだ。

彼はあのあと、森に捕獲用の罠をいくつか仕掛けていた。

しかし、猟犬はなまじ狩りを知っているだけに、なかなか罠にかかってくれない。仮に捕獲することができたとしても、一度人に裏切られた犬たちが、果たして心を開いてくれるかが問題だった。今のところ襲われかけたのはジュリアたちだけだが、いつ他の者が襲われるか分からない。そうなれば、生かしておくことができなくなってしまう。

ライデンは彼らを保護したいと思っているのだ。

(人は遠ざけるのに、動物相手だと積極的になれるのね)

「ジュリア」

ある日、ライデンが仕事中のジュリアに声をかけた。

深刻な表情から、動きがあったことを悟る。休憩時間を待って森へ行けば、何かに食い荒らされた一匹の犬の死骸があった。共食いのあとだと説明された。

「おそらく、こいつが一番弱っていたのだろう」

動物の中にも生き残る術として足きりがある現実を、初めて目の当たりにした。

やりきれない思いで穴を掘り、死骸を埋めた。

「あとは森が魂を神の御許へ連れて行ってくれるだろう」

ライデンの沈痛な表情には、手を差し伸べてやれなかったことへの悔しさが滲み出ていた。

ジュリアも盛り土の上に、花をたむけた。

「まだすべて息絶えたわけではない。食べ物が無くなればいずれ街へ降りるだろう。人を襲うようになる前に捕らえる」

人間の都合でこんなことになった犬たちが、ただただ不憫だった。

「冷えてきた。ハウスへ戻ろう」

ライデンはごく当たり前にジュリアをツリーハウスへ招き入れてくれる。

きっかけは偶然だったが、それからは彼の意志だ。彼がジュリアに心を開き始めたと受け取っていいのだろうか。

ツリーハウスに戻るとライデンがポットを火にかけた。主人が給仕の真似事をするなんてと、はじめこそ戸惑ったが、ライデンが淹れるココアは最高に美味しいのだ。

「私、ライデン様が淹れてくれるココアが大好きです。自分だと上手くできないんですよね。何が違うのかしら?」

「ココアくらい、いつでも淹れてやる」

「ふふ、もったいないお言葉です。でも、嬉しい」

ライデンはジュリアのいる未来を語る。嬉しいのに、心は苦しかった。

この時間が永遠でないことくらい、ライデンも知っているはずだ。いずれは、家族のもとへ戻らなければいけない。渡された小切手を父に渡し、またこちらへ戻ってくるという選択肢を考えなかったわけではないが、それでは家族の世話は誰がするのか。

(――離れたくない……)

ライデンと共有する時間が増えるほど、離れがたくなる。

「浮かない顔だな」

ハッと顔を上げると、ライデンがカップを手にすぐ側に立っていた。

一つをジュリアに手渡し、隣に座った。

手の中に収まった温もりが、寂しい心を温めてくれる。

「――ライデン様はお優しいですね」

「突然どうした」

彼はそう言って口元に笑みを浮かべた。

ツリーハウスに居るライデンは、屋敷で見る彼よりも幾分寛いで見える。そのせいか、艶やかな色香にくらくらしそうだ。

「アデール様があなたを好きになった理由が分かります。きっと、アデール様にとってライデン様は初めて優しさを教えてくれた人だったんです」

父親の言うとおりに生きることを強要された人生で、ライデンだけがアデールを人として見てくれたのだろう。優しさをくれ、鞭で打たれる恐怖から解放してくれた。それが、どれだけ彼女にとって救いだったたか。

家から離れてみたからこそ、分かることがある。

――ジュリアは姉メアリーが向けてくる憎悪が怖かった。

彼女の人生を変えてしまったのは自分だ。父の日記さえ見つけなければと何百回思っただろう。

　彼女の悲しみをこの身に受けるのは当然の報いだと思っていたが、やはりぶたれれば痛い。

　一度彼女から離れてしまえたから、余計に帰るのが怖くなった。

「それでも、彼女は私以外の男を求めた」

「イデアール伯爵の命令だからでしょう？　ライデン様は逃れられない恐怖をご存じですか？」

「折檻（せっかん）のことか」

　ジュリアは頷いた。

「ぶたれる理由は多分、本当に些細なことだったのだと思います。けれど、アデール様は自分が悪いからぶたれるのだと思っていたはずです。心を納得させなければ苦痛には耐えられません」

「まるで、アデールの気持ちを分かっているような言い方だな」

　ジュリアは苦笑を浮かべた。

「ジュリア？」

「——ごめんなさい。そうじゃないかなと思っただけです。いただきます」

　会話を切り上げ、ココアを飲んだ。

（あぁ、そうか。私のために作ってくれたものだから美味しいのね）

心に染みる甘さに切なさが募った。

そのとき、カツン…と窓を叩く音がして顔を向けた。

見れば小雨がぱらついてきていた。さらに空をのぞき見ると、真っ黒な雲が覆っていた。

「雨……？」

「そのようだ」

今日は幌付きの馬車で来ていない。このままでは帰り道は二人揃ってずぶ濡れだ。

「本降りになる前に戻らないと。私、馬の準備をしてきますね！」

急いで外套を羽織り、馬を小屋から出すが、大粒の雨が地面に落ちた。顔を上げると、途端に土砂降りになる。

「きゃ……っ」

「ジュリア、戻れっ」

ライデンの声もかき消してしまうほどの雨の音に、ジュリアは狼狽えながらも馬を小屋に戻した。急いでツリーハウスの中に駆け戻る。

「ひどい有り様だな」

濡れ鼠（ねずみ）になったジュリアに呆れ顔をしながら、ライデンが拭くものを頭から被せた。

「だ、だって、早く戻らないとと思って……。午後の仕事もありますし」

「ジュリアは最近働きすぎだ。ジゼルが欠けた分を補ってくれるのはありがたいが、お前まで倒れたらどうする。それに、私たちがハウスに来ていることは伝えてあるから、それなりの対処をするに決まっている。そんなことより、濡れた服を乾かせ。風邪を引く」

そう言って、ライデンがずぶ濡れになった外套を引っ張った。

「べとべとだな」

「これくらい、暖炉の前に干しておいたら平気です。濡れたのは外套だけ――……でもなかったみたいです」

「下の服も一緒に干せ」

前半分がぐっしょり濡れたお仕着せのひどい有り様に、笑うしかなかった。

「着替えだ」

ライデンが持ってきてくれたシャツを受け取って、暖炉の前に行く。

「――あの、できれば後ろを向いていてください」

「気にするな」

「私が気になるんですっ」

食い下がると、仕方なさそうに背中を向けた。

アデールと過ごした日々が特殊だったせいか、ライデンは性的な感覚がずれている。未婚の女性が異性と同じ空間で着替えをするなど、あってはならないことだということに気づいてくれない。

それでも、言えば分かってくれるので、こればかりは一つずつ伝えていくしかない。

ほっと息を零して、濡れた服を着替えた。

(すごい雨)

雷鳴まで轟(とどろ)いている。

嫌だなと思った刹那、辺りが真っ白に光った。

「きゃあ!!」

大地を裂くような爆音にジュリアは思わず悲鳴を上げた。耳を塞ぎ、その場にしゃがみ込む。

「び、びっくりした……」

どこかに落ちたのだろうか。

おそるおそる顔を上げて、窓を見た。ふと視線を感じ、後ろを振り返る。すると、驚愕の表情を浮かべたライデンと目が合った。

(――あ……)

彼の表情がすべてを物語っていた。

「だからか?」

彼が何を言いたいのかは分かっている。ジュリアがアデールの気持ちが分かる理由のことだ。

慌ててシャツに袖を通した。

返す言葉がなくて、俯く。

「ジュリア、相手は誰だ」

言いたくなかった。自分の罪を知られたくないからだ。

首を横に振ると、ライデンがさらに問い詰めてきた。

「私が知る者か？」

ジュリアは首を振り続けた。

「お前も相手を庇うのだな。けれど、それは違う。お前は以前、私の行為を暴力だと言った。ならば、それはどうなのだ。合意の上でのことだとでも言うつもりか」

「違いますっ！」

耐えきれず叫び返すと、目が合った。彼の苦しそうな表情を見てまたすぐ顔を伏せた。

あんな顔をさせたいわけじゃない。

せっかくアデールとの過去を彼なりに昇華しようとしている矢先に、自分はなんてものを彼に見せてしまったのだ。

辛い記憶を呼び起こすきっかけにしかならないではないか。

「ご、ごめんなさい。忘れてください。本当に何でもないんです」

ぎゅっと自身の胸元を摑み懇願した。ライデンがジュリアの前に立つ。

「顔を見せてくれ」

「ライデン様、お願い。忘れてください。お願い、お願い……」

これは姉の苦しみなのだ。そして、ジュリアにできるたった一つの贖罪なのだ。

「ジュリア」

ライデンの手がジュリアの頰を包んだ。びくりと身体が震える。

「その傷、痛むのか？」

ふるふると首を横に振った。

「そうか――」

囁き、ジュリアを抱きしめた。

呆然と目を見開いて、ライデンを見上げる。

「ライデン様……？」

「傷ついた者が居れば、抱きしめるのだろう？」

なんて痛々しい顔をするのだろう。

「私、大丈夫ですよ。傷はだいぶ前のもので、もうほとんど治っていますし、痕もそのうち消えます」

「意地っぱりめ。だが、お前はそういう奴だったな」

苦笑いをし、ライデンが額に口づけてきた。

「ジュリア。どうやら私はお前のことが可愛いらしい」

信じられない告白に、言葉に詰まった。

「お前のこの傷を見ると、ひどく胸が苦しい。腹立たしさすら覚える。この気持ちは何なのだ」

「ライデン様……」

ライデンは、額に押し当てた唇を離し、こつん…と額を合わせた。間近にある黄褐色の瞳が切なげに揺れている。こんなライデンは見たことがない。

「駄目です。その気持ちは育ててはいけないものです」

「なぜだ」

鼻先に口づけられ、瞼と頬にも口づけられる。柔らかい唇の感触に心まで解かされてしまいそうだ。

「私は今、ジュリアを抱きしめたい」

「ライデン様」

いけないと腕を突っぱった。

ライデンが何を求めているのか本能で察したから、拒むしかなかった。自分は屋敷を去る者。彼の側にずっと居続けることはできない。

もうイデアール伯爵の条件を満たす理由がない以上、何もない方がいい。なにより――。

(ライデン様はアデール様を忘れていない……)

そのとき、扉を引っ掻く音がした。

狼が来たのだ。

ジュリアはこれ幸いと、ライデンから離れ、急いで扉を開けた。やはり、扉の前にはびしょ濡れの狼が座っていた。

「いらっしゃい」

狼はジュリアの声に応えることなく、濡れた身体のまま部屋に入ってくる。暖炉の前に脱ぎ落としたままだったお仕着せの上に座ると、そのまま寝そべった。

「ちょ……、ちょっと待って。その上にのっては駄目よ」

近寄ろうとしたところで、突然腰をさらわれた。

「ライデン様っ!?」

びっくりして後ろを振り仰ぐと、ライデンは狼に声をかけた。

「気の済むまで休んでいろ。今夜はずっとここに居るから」

「ずっと居るって……、い、居ませんよ!?」

ジュリアの抗議を無視して、ライデンはジュリアを肩に担ぎ上げた。人一人担いでいるのにライデンの足取りは危なげない。二階にあるベッドまで来ると、当然のようにジュリアを押し倒した。

「な――っ」

急いで身体を起こそうとするも、ライデンが上からのし掛かってくる。

「だ、駄目ですっ」

「私が怖いからか？」

「そうではありませんっ」

必死で抵抗するが、軽々とその手を払いのけられた。手のひらに口づけながら、ライデンが流し目でこちらを見る。

「口では何とでも言える。――あれから一度も口づけてこないではないか」

一瞬、何のことか分からなかった。

(口づけって……、あっ！)

仕入れの帰り道での出来事を思い出し、かぁっと顔中が赤くなった。

「あ、あれは、そういう意味ではなくてっ」

「癒やしてくれるのではないのか？」

甘えるような眼差しで見つめられる。

求められるばかりだった人が、ジュリアに求めてくる。

「――こんなの、ずるいわっ」

ライデンの心にアデールが居ると分かっていても、惹かれている男にねだられて、断れるはずがない。

詰りながらも、ジュリアは彼の頬に手を添えた。嬉しそうに微笑む美貌のなんと艶やかなことか。

そっと唇に口づけた。

「もう一回」

目を閉じながら、次をねだられた。

「もっとだ」

三度目、四度目も続けてねだられる。そのうち、言葉でなく唇そのものが求めてきた。数を重ねるごとに深く合わさっていく。唇を開けば、肉厚な感触が口腔に押し入ってきた。舌先で上顎をくすぐられる。むず痒い刺激を繰り返されていくうちに、秘部に熱が溜まり始めた。

「ふ……ん、ん……」

もどかしさに脚をすり寄せる。

はだけたシャツの隙間からライデンの手が潜り込んでくる。長い口づけが終わると、唇が下へと滑り落ちていった。むき出しになった肌にライデンの唇が押し当てられていく。荒々しい愛撫に息つく間がない。

「ま……、待って」

ジュリアは先へ進もうとするライデンを必死で止めた。

「何だ？」

ムッとした声音に、ジュリアは戸惑いを隠せない。

「だって……、どうして……？　ライデン様はその……」

性行為に興奮しないと言った人がジュリアを求めている。だが、その理由を口に出して尋ねる勇気などない。おのずと視線が下へ下がった。

「これでも、私が興奮していないというのか？」

聡いライデンがジュリアに腰を押しつけてきた。

「ひぁ……っ！」

すでに硬くなっていた彼の股間の熱塊に身体中の血が沸き立つ。

「こんなにも身体が熱くなったことはない。ジュリアが初めてだ」

「……っ」

自分だけだ、と言われて心が彼へ落ちた。

求められることに、この上ない歓喜を覚える。

ずっとライデンのために自分ができることを探していた。彼を癒やす方法を求めていた。

薪の燃える音以外に、二人分の吐息と衣擦れの音がする。

ライデンの大きな手が乳房を包んで揉んだ。指の圧で形を変えさせられる痛みに息を堪える。薄桃色の頂を吸われた。

「は……ぁっ」

口づけで熱くなっていた身体は、さわさわと肌を撫でていく長い髪の感触にすら震えてしまう。

シャツの裾から伸びる脚にライデンの手がかかった。内股を撫で、奥へと滑っていく。

「あ……」

秘部に触れられた瞬間、得も言われぬ感覚が身体の中を駆け抜けた。

甘く、それでいて恐れを孕んだ期待が吐息となって零れ出る。

ライデンの指が陰唇をなぞっていく。

「ふ……ぅ、……あぁ……」

くち…と響く蜜音に羞恥心が煽られる。

「溢れてる」

「い……や、言わない……で」

「今からここに何が入るか、分かるか？」

囁きながら、蜜穴に指が入り込んできた。

「ひぅ……っ」

「ジュリア、何が入っている」

ライデンの指が中を広げるように蠢いた。

擦られた場所が熱い。

「あぁ……っ、……ぁ……あっ、ライデン……さ、ま……の」

「一本でもきついな」

「や……ァ……、指……だめ……っ」

ジュリアは腰をくねらし逃げようとする。

「なぜだ？　ここは喜んでいる」

「気持ち……ぃ……の……、や……ぁっ」

指が抜き差しされるたびに、秘部がむず痒い。粘膜を押し上げられる感覚に、眠っていた快感が呼び覚まされる。

指が二本になると、中を埋める質量に苦しくなった。

「い――……ッ」

広げられた分だけ蜜穴の縁が引っ張られる。ばらばらに蠢く指の動きに、ジュリアは首を振って悶えた。

「それ……嫌……っ」

なのに、ライデンは唇を秘部へ近づけた。

「だ……め！　そんなとこ……汚いから――……、ひっ」

彼は陰唇を開き、むき出しになった花芯を舐めた。

「――ッ！」

ざらついた舌の感触に、声を噛んだ。腰が勝手に揺れる。

（あっ……い）

唇が触れている場所が爛れるほど熱い。

「ふぁ……、あ、あ……っ」

舌の感触に、意識が持って行かれる。初めて知る快感に、身体は夢中だった。

やめてほしいのに、もっと味わいたい。

「ライデン様……、だめ……気持ち…い」

小さな声で拒絶と快感を訴えながら、腰を揺らめかせた。

指で中を擦られる刺激にどうしようもない悦楽を覚える。

きゅうと指を締めつけ、薄い腹部が荒々しく上下する。秘部がこれまで以上に濡れている。中を弄っていた指が上壁を強めに擦ってくる。痛くはないが執拗な愛撫に息が上がる。

じりじりと得体の知れない疼きが呼び覚まされていく。

（気持ち……いい……）

口淫を施されながら指で慰められる行為に、何も考えられなくなる。

「やめ……、それ……溶けちゃ……う……っ」

嫌だと言いながらも、とろとろと蜜が溢れてくる。無意識に腰をライデンへ押しつけて快感をねだっていた。

はしたないほど脚を開かされながら秘部を弄(もてあそ)ばれているのに、心も身体もこの上なく悦んでいる。

以前よりももっと濃密な快楽。

こんなのを味わってしまったら、もう二度と以前の自分には戻れなくなる。

(でも、――止まらない……っ)

花芯を強く吸い上げられた刹那、味わったことのない鮮烈な刺激におののいた。

「ひっ、ん――ッ!!」

腰が別の生き物のように激しく揺れる。

秘部をライデンに押しつけた格好のまま、頭の中が真っ白になる。絶頂の波が引いても、余韻は身体のそこかしこに残っていた。

握りしめた手を口元に当て快感に震えていると、ライデンは艶めかしい仕草で太股を撫でた。

「ふ……ぅ、ン……」

それだけで身体がびくびくと震える。

身体を起こしたライデンがほくそ笑み、下肢を寛げた。手についた蜜を自らの陰茎に塗りつける。

目を見張るほど長大で太い存在だった。ずっしりと重そうな茎、先端からは先走りが零れている卑猥な様に、目が釘付けになった。

「――あ……」

「ジュリアの気持ちよさそうな声で、このとおりだ」

えらの張った亀でぬちぬちと秘部の割れ目を擦ってくる。

これからこの猛々しいものが自分の中に入ってくると思うと、怖かった。

「ま……って、ライデン様。駄目……」

あんな獰猛なもので中をかき混ぜられたら、どうなってしまうのだろう。

「そんなの入らない……、怖い……」

「大丈夫だ。怖くない」

あてがわれた先端が、ぐ…ぐ…と蜜穴に潜り込もうとしてくる。

「それとも、嫌か？」

「あッ、あぁ……、嫌じゃないけど――だめ……」

口にした泣き言に、ライデンが苦笑し、指を絡ませてきた。

分かってくれた。

ほっとした刹那、ゆっくりとジュリアの中に欲望が押し込まれてくる。めり込んでくる感覚は、無理やり身体を割り開かれているようでもあった。

「や……、な……んで……っ」

「ジュリアが欲しい」

「でも――ッ、あ……っ!!」

痛みに身体が強ばる。生理的な涙を零しながら、ぎゅっと繋いだ手に力を込めた。見た目どおりの質量が苦しかった。

「い――ッ、……ぃ…うぅ……っ」

「ジュリア……」

薄目を開けると、ライデンもまた苦しげだった。

苦笑いされ、口づけられる。宥めるような舌使いに意識がそちらに引っ張られる。流れる涙を唇で吸われる。柔らかい感触に慰められながら、浅い息づかいで息苦しさを逃した。

「ジュリア」

聞いたこともないくらい優しい声が胸をいっぱいにする。薄目を開けると、黄褐色の瞳が欲情に潤んでいた。

「気持ち……いい……の？」

「あぁ、気持ちいい。こんなのは初めてだ」

熱っぽい眼差しで告げられ、抱きしめられた。

「温かい」

顔をすり寄せてくる仕草が愛おしくて、抱きしめた。長い髪に指を埋め、子どもをあやすように何度も撫でる。

「嬉しい……」

アデールと数え切れないくらい肌を合わせてきた彼が、初めてだと言ってくれたことが嬉しかった。

身体は辛いけれど、心は満たされていく。

ライデンを癒やしたいと思っていた。それがようやく叶ったのだ。

「……んぁ……っ」

欲望の脈動すら鮮明に伝わってきて、思わずきつく締めつけてしまった。小さく息を呑み、ライデンは苦悶の表情を浮かべる。

「動いて……いいか?」

秘部の中はまだライデンの形に慣れていない。押し開かれたままの痛みにいっぱいいっぱいで首を振るも、「ジュリア」と口づけの雨が降ってきた。

「いいと言ってくれ」

優しくするから、と囁くもどかしげな声音に、どうして逆らえるだろう。

ライデンが望んでくれているものを、あげたかった。

自分にも彼に与えられるものがあることに、誇らしさすら感じた。

何より、ジュリアもライデンをもっと感じたい。

ジュリアからも口づけを返して、ライデンの綺麗な双眸を覗き込んだ。

「あなたが望むなら……」

答えは口づけで返された。深く合わさった唇にうっとりと目を閉じる。口腔を弄る肉厚の感触に、ジュリアも積極的に舌を絡めた。

「あ……ッ！」

ずるり…と蜜壁を欲望が擦った。鮮烈な痛みに声が出る。

「あ……、あ……ぁっ」

痛い、痛い痛ぃ。

亀頭のくびれが狭い蜜穴を擦り上げるたびに、身体が悲鳴を上げている。硬くたくましい欲望に穿たれるのが苦しいのに、求められることが嬉しくてたまらない。

たとえ、彼が欲しがっているのが刹那的な慰めだとしても、それで十分だ。

ずん、ずんと奥を突かれる痛みに喘ぎながらも、それだけではない感覚も生まれていた。

「ひ……ぁ……、あ…っ」

肌がぶつかる音に交じり、しみ出た蜜がぐちぐちと鼓膜をも刺激してくる。

止めどなく吐息が零れる。ライデンの形に押し広げられた場所がひっきりなしに収縮を繰り返していた。

「……っ」

ライデンが苦しげに息を詰め、身体を起こした。腰を手で支え、さらに奥へと入り込んでくる。

「――う……そ、――ぃ……あぁ！　だ……め……、入らな……い」

まだ奥へと入ってこようとする恐怖におののき、反射的にライデンの腕を掴んで挿入を拒んだ。これ以上深く入られるのは、怖い。

「ジュリア」

なのに、ライデンは宥めるようにジュリアの手を掴み、指を絡ませてきた。口元に寄せて愛おしげに口づける。

「ジュリア、ジュリア……」

切なく連呼する声音に、秘部がきゅんと締まった。

アデールともこんなふうに抱き合ったのだろうか。愛おしげに口づけ、名前を呼び、甘えたのかと思うと胸が苦しい。

亡くなった人と競っても仕方がないのに、自分以外にも彼のこんな姿を見た人が居ると

思うと歯がゆかった。

　自分だけだと言ってほしい。

　けれど、自分は彼の特別にはなれない。

　根元まで埋まった怒張がゆっくりと粘膜の上を滑っていく。ごつごつした感触にジュリアは悶えるように吐息を零し続けた。

「あぁ……、あ……ん」

　亀頭が抜けるほど引き抜かれると、蜜穴が先端を必死に咥え込む。行かないでと懇願するような動きにライデンは含み笑いをし、一息で奥まで満たした。

「あ…、んぅ――ッ!!」

　蜜を潤ませ、呼吸するようにライデンの怒張を締めつける。これ以上入らないはずなのに、秘部はもっと奥までライデンを誘い込もうと躍起になっていた。

「ひ……ぁ、や……だ……、見ない……で」

　はしたない劣情に真っ赤になる。いやいやと首を振り、顔を背けた。

「ジュリア、キスを」

　なのに、ライデンが口づけをせがんでくる。アデールの部屋でジュリアが求めたときは拒んだくせに。

「ジュリア」

「——ずるい人……っ」

ライデンはジュリアが拒まないことを知っているのだ。おずおずと顔を向き合わせると、唇を舐められた。催促する舌に誘われ、ジュリアも口を開ける。舌を絡ませながら、ライデンが律動を始めた。

「ん、んん……ぅ……」

じゅぶ、じゅぶと秘部から聞こえる粘ついた音が余計にジュリアの欲情を煽る。薄目を開ければ、肉欲に染まった美貌があった。

あの無表情だった彼にこんな顔をさせているのが自分なのだと思うと、誇らしげな気持ちにすらなってくる。

間断なく送り込まれる振動が腰骨を伝い、甘美な快感を全身に染み渡らせると、痛みだけではない感覚が生まれてきた。

「……ん、ふ……ぁ」

熟れた粘膜がいっそう濡れる。

ライデンが膝の裏に腕を通し、身体の横に手をつくと、おのずと腰が上がった。熱い楔から与えられる摩擦熱に、心も蜜穴も溶けていく。収縮を繰り返しながら、ジュリアは上と下の口でライデンを貪ることに夢中になった。

視線を合わせながら舌を絡ませ合う。満たされる幸福を貪婪に求めた。

ちりちりと下肢から這い上がる絶頂の余韻に、身体は怯えながらも期待している。荒々しい息をも貪り合った。

「――ッ!!」

弾けた鮮烈な快感に身体が痺れた瞬間、ライデンもまたジュリアの中で爆ぜた。迸る熱い精が奥へと流れ込んでくるのを絶頂に震えながら感じていた。

「あ……ぁ、あ……」

はくはくとひっきりなしに収縮を繰り返す蜜穴にライデンが何度も腰を打ち込む。そのたびに、ジュリアの口から嬌声とも吐息とも分からない弱々しい声が零れた。

全力疾走をしたあとみたいに身体が熱い。気がつけば全身が汗ばんでいた。

「ジュリア……ジュリア」

それしか言葉を知らない子どものようにライデンが切なげにジュリアを呼ぶ。何度も口づけられ、悦楽の余韻を宥めてくれた。

「ふ……ふっ、くすぐったい……」

さわさわと肌の上を動く黒髪の感触に思わず笑いが漏れる。

子どもと言うよりも、獣みたいだ。

「ライデン様……」

そんな彼が愛おしくてきゅうっと抱きしめた。

すると、達したばかりの欲望がまた漲るのを感じた。蜜穴を押し広げる圧迫感に目を剝く。

「嘘……ですよね……」

乾いた声で問いかければ、ライデンにぺろりと唇を舐められた。

「だめ……いい子にして……」

「まだ無理だ」

言うなり、律動が始まる。吐精したことで、蜜音が余計に卑猥になった。

「や……あぁっ、ライデン様……！」

「もっとだ。まだ足りない」

熱に浮かされたみたいな声で、ライデンがむしゃぶりついてくる。手を引かれ、上体を持ち上げられると、ライデンの膝の上に跨がる格好で座らされた。自分の重みで先端が嫌でも奥を突いてくる。

「ひ……んっ」

下から突き上げられる衝撃に、顔を反らして耐えた。少しでも遠くへ逃げようとして、おのずと腰が上がる。なのに、快感はより濃くなった。

「な……ンでッ……」

「いじらしいことを」

濡れた声で含み笑いをし、ライデンがここぞとばかりに腰を使ってくる。

「やぁあ……っ、あ……あぁ……っ、それ……だめ」

だが、力を抜けば奥まで届いてしまう。ジュリアは首を振って悶えた。背中を丸め、少しでも快感を逃がそうと奮闘する。

「ふぅ……、う……うんっ」

ライデンの肩に顔を寄せ、突き上げられる快楽に喘いだ。

「可愛いな」

「あんっ！」

背中を撫でられただけなのに、全身が性感帯になったみたいに過敏になっていた。

「や……だ、ど……してっ、こんなの……」

「こんなの？」

妖しい腰使いでジュリアの中をかき混ぜながら、ライデンが肩に口づけた。

「〝気持ちいい〟は？」

「き……気持ちいい……っ」

半ば強要されながら、気持ちを引きずり出される。分厚いかりくびがごりごりと粘膜を擦る快感に溺れる。何も考えられない悦びに満たされていた。

欲望が出入りするたびに、白く泡立った体液が溢れてくる。

「私もだ」

悦に入った声音に、きゅんと秘部が締まった。

ぐんと感じた脈動に、ジュリアが腰を揺らめかす。いつの間にかぺたりと腰を下ろし、そのまま揺さぶられていた。腰を擦り付けるようにすることで、花芯まで擦れることを覚えると、ジュリアは積極的に腰をくねらせた。

「あ……、あ……ぁん……」

淫靡で刺激的な時間をライデンと共有する悦びは、得も言われぬ高揚感に満ちていた。ジュリアは何度もライデンの精を受け止め、夜が更けてもなお戯(たわむ)れ合っていた。

☆★☆

ジゼルの体調はなかなか回復せず、ロレンス公爵邸の雰囲気も心なしか沈んでいた。いよいよライデンも、新しい人材を雇うことを検討し始めている。

厨房へ行くと、ダンがたくさんのバスケットを出していた。

「おはようございます。ピクニックにでも行くんですか？」

「察しがいいじゃねーか。そのとおりだ」

「そのとおりって……」

目を丸くさせながら、ジュリアは窓の外を見た。空はここ最近ずっと灰色の雲に覆われている。吹く風も一段と冷たくなってきた。いよいよ雪が降ろうとしているところに、ピクニックになど行けるわけがない。

「ダン、いくらあなたがたくましくてもこの時期のピクニックはおすすめできないわ」

「誰が外で食うって言ったよ。ライデン様のご要望でジゼルを森のツリーハウスへ連れて行くんだ」

「ジゼルを？」

「同じ部屋で同じ景色ばっか見てたんじゃジゼルが可哀想だっつって、ライデン様が取りはからってくれたんだ。行くのはジゼルにライデン様、そしてキースとお前の四人だ。あそこなら暖かいし、ジゼルへの負担も少ない」

「ダンもツリーハウスを知っているの？」

「そりゃそうさ。改修にも関わったんだからな」

ライデンとの淫らな行為は、ツリーハウスに行くたびに続いている。一度身体を繋げてしまえば、あとはなし崩しだった。求められれば、ジュリアは断れない。

求められることは嬉しい。けれど、――抱かれるたびに不安は募っていった。

こんなことをしていれば、本当にライデンの子を身籠もってしまう。いや、もしかしたらすでに宿っている可能性だってあるのだ。

彼が継嗣を残すつもりはないと言っていたからこそ、どういうつもりでジュリアを抱いているのか分からない。

「どうした？　浮かない顔してるぞ」

でも、彼に何も求めてはいけない。ライデンを癒やすことが、ジュリアの望みであり願いだった。

「何でもないわ。私も手伝うわね！」

抱えた不安に、ジュリアはあえて目を逸らすことにした。

ジュリアたちを乗せた馬車は午前中のうちにツリーハウスへ到着した。改修してから初めて来たというジゼルは外観も内装も気に入り、喜んでいた。

久しぶりに見た彼女の笑顔に、ジュリアたちも自然と笑顔になる。ジゼルをソファに座らせ、バスケットから昼食を取り出していると、狼が顔を覗かせた。見慣れぬ人間の存在に狼は一度は動きを止めるが、やはり興味なさそうに部屋へと入ってきて暖炉の前で寝そべった。よほどあの場所がお気に入りらしい。

「まぁ、エファーリタじゃないの」

ジゼルが呼びかけると、狼はぴくりと耳を動かした。顔を上げて、ジゼルを見た。

「私よ、覚えてないかしら？　ジョアンヌ様付きの侍女だったジゼル。ジゼルよ」

「ライデン様、ジョアンヌ様って……」

「私の祖母だ」

ライデンが信じられないと言いたげな表情で、ジゼルと狼を見つめていた。

ジゼルは何度も自分の名前を告げて、狼に聞かせていた。すると、狼はおもむろに立ち上がり、ゆっくりとジゼルに近づいていく。鼻を寄せ、匂いを確かめると、そっと顔をジゼルにすり寄せた。

「あなた、いつの間にこんなにおばあちゃんになったの？……そう、ジョアンヌ様が亡くなっても、ここに遊びに来てくれていたのね」

突然、狼をエファーリタと呼び従わせたジゼルに、誰もが唖然としていた。

「ジゼル、いったい……。エファーリタって、この子の名前なの？」

「ええ、そうよ。ジョアンヌ様が子どもだったこの子を森で拾って、育てていたの。母親とはぐれてしまったようでね。せめて一人で生きていけるようになるまではと言って世話をし始めたのだけれど、この子ったら、結局大きくなってもジョアンヌ様から離れようとしなくて。一度、人間の匂いがついてしまった子はなかなか自然の中には戻れないのだと、私たちはあとで知ったの。よかれと思ってしたことも、エファーリタには余計なお世話だったのかしらと思っていたのだけれど……」

懐かしそうに目を細め、ジゼルがエファーリタの頭を撫でた。

「あなたにもう一度会えてよかったわ。私を覚えていてくれてありがとう。ジョアンヌ様にいいお土産話ができたわ」

「母さん、滅多なことを言わないでください。気弱になりすぎです」

まるで終焉が見えているかのような言葉に、キースが焦った声を出した。

「ふふ、そうだったわ。あなたとライデン様が幸せになるまでは生きているつもりよ。夫との約束ですもの。二人の息子たちをきちんと独り立ちさせてから会いに行くと。……でももう、メイドの仕事は引退かしらね。……ねぇ、エファーリタ。私もあなたもおばあちゃんだもの」

同意を求めるように顔を覗き込むと、エファーリタがぺろりとジゼルの口を舐めた。

「ジゼル……」

二人の息子。それがキースとライデンを指していることはこの場に居る誰もが分かった。

「ジゼルに話がある」

切り出したのはライデンだった。ジゼルの前に跪き、その手を取った。

「どうだろう、このあたりで引退してはもらえないか？」

ライデンの提案に驚いたのはジュリアだけだった。

ジゼルも引き際が来ていることは察していた。ライデンたちは今日そのことを伝えるために、彼女をツリーハウスへ呼んだのだ。

ジゼルが穏やかに微笑んだ。

「ええ、そうですね。けれど、一つだけ私のわがままを聞いてくださいませんか？」

「何でも言ってくれ」

するると、ジゼルがライデンの手を握り返した。

「そろそろ人の世界に戻ってきてください」

ジゼルの声に、エファーリタがライデンを見た。

「こうしてエファーリタにも会えたことですし、新しいことを始めるにはいい機会だと思います。月末に行われる建国祭の舞踏会にはジュリアを同伴なさってください」

「ジゼル!?　急に何を言い出すのっ」

思いがけない提案に、ジュリアは慌てふためいた。

「彼女なら他の貴族令嬢にもひけを取りませんし、何よりあなたを恐れておりません。彼女をロレンス公爵に相応しい令嬢にすることを、私の最後の仕事にさせてください」

建国祭に行われる舞踏会といえば、場所は王宮だ。そんなところにライデンの同伴者としてジュリアを連れて行かせようだなんて、ジゼルはいったい何を考えているのだろう。

「無理よっ、私は貴族令嬢じゃない。商家の……今はつぶれかけている貿易商の娘よ？」

「それが何？　どうせライデン様のお相手なんてファリア国中探したって見つからないわ。奥様が寄越す素性の怪しい貴族風情の娘たちや、嫌がる令嬢たちを無理やり連れて行くくらいなら、ジュリア、あなたに行ってほしいの。あなたは美しいわ」

「そんな……、でも」

困惑しながらライデンを見遣った。

ロレンス公爵ともあろう人が自分などを同伴すれば、社交界の笑い者になるに決まっている。

「――承知した。舞踏会にはジュリアを連れて行く。だが、それもできる範囲でいい。無理だけはするな」

「お任せください」

自信に満ちた表情のジゼルとは対照的に、ジュリアはひたすら不安しかなかった。

翌日からは、使用人の仕事の合間に舞踏会の準備も始まった。

同伴者と言っても、ただ手を引かれ笑っているだけでは務まらない。ロレンス公爵の同伴ともなれば、教養は必須だった。

まさか、ここに来て女学校で学んだ成果を披露することになるなんて。

だが、泣き言を言っている時間はない。舞踏会までさほど時間はない。

当然、ツリーハウスに行っている余裕もないだろう。

「マナーは私が教えます。教養とダンスはライデン様から教わってください。ライデン様の手が空かない場合は、私かダンがお相手いたします」

「ダンが？」

朝食を食べに食堂に集まっていたダンたちは、キースからの説明を受けるジュリアを見て面白そうな様子だった。

「おいおい、何だよ。その意外そうな口ぶりは。俺だってダンスくらいできるぞ」

「え？　でも、街のお祭りで踊るのとはわけが違うのよ？」

「ば、馬鹿野郎！　俺を何だと思ってるんだ！」

いかにも屈強そうな体躯で踊るダンスといえば、それくらいしか思い浮かばない。

ジュリアたちのやりとりに、キースは笑いを堪えながら無理やり咳払いをした。

「ダ……、ダンはこう見えて元近衛隊長です。貴族の三男ですし、十分使える男なんですよ」

「どうよ、驚いたか」

ふふんと鼻を鳴らした姿のなんと誇らしげなことだろう。

衝撃の事実に、ジュリアは呆気に取られた。

「どうして近衛隊長が公爵家の厨房に居るんですか？」

「そりゃ、料理が好きだからに決まってるだろ」

しれっと断言されても困る。彼は自分が捨てたものの価値を分かっていないのだろうか。

聞けば、もともと料理に興味があり、怪我を機に料理人の道へ転向したのだという。

「ダンを慕う者は今も王宮に大勢居て、ライデン様のもとにも彼の復職を願う嘆願書が何度も届いています。ただ、本人は近衛隊にまったく未練がないようですが」

先日、ダンを王宮までの御者にしたのも、そんな彼らからの復職熱を静めるためだったらしい。

つくづく、人は見た目によらないものだ。

（それじゃ、実はキースもすごい経歴を持ってたりするのかしら？）

見た目だけなら貴族と言われてもおかしくない。立ち居振る舞いも優雅だし、人当たりもいい。理知的にも見える精悍な顔立ちを見つめていると、視線に気づいたキースが肩をすくめた。

「私は正真正銘の庶民です」

本人はそう言っているが、ダンの話を聞いたあとでは、にわかに信じられなかった。

「余計な詮索をしている時間はありませんよ。質問がないようでしたら、ライデン様のところへ行ってください。早速今日からレッスンです」

「せいぜい、足を踏まないよう頑張れよ」

「そんなことしませんっ」

余計な世話を焼くダンに舌を出して、ライデンのもとへ向かった。

「ジュリアです」

執務室の扉を叩きながら声をかける。「入れ」と中から返事があった。

「失礼します」

部屋に入ると、執務机に浅く腰掛けたライデンがこちらを見ていた。机の上の花瓶には今朝摘んだ薔薇が生けてある。

「キースから概要は聞いたか」

「はい。──あの、ライデン様は本当に私でいいのですか？」

「お前は不安か？」

正直に言えば、そうだ。

だが、ライデンがやる気になっているのなら、ジュリアだって覚悟を決めなければいけない。

ライデンがロレンス公爵として社交界に出る。

ロレンス公爵家の人たちが皆この日を待ち望んでいたことを知っているからだ。

「久々に社交界に現れたロレンス公爵と素性の知れぬ令嬢、これ以上話題性のあることはないだろうな」

世捨て人のように空虚感を漂わせていた頃の彼と同じ人とは思えない。

挑戦的な口ぶりに、ぞくぞくした。

彼はこんな顔もできたのか。

舞踏会は月末だ。それは、イデアール伯爵との約束の期限ぎりぎりでもあった。

これがロレンス公爵家でできる最後の仕事になるのだ。

だからこそ、必ず成功させたい。

全力でライデンを応援する。そして、彼のことを口さがなく言っていた人たちを見返してやりたかった。

ライデン様はこんなにも素晴らしい方なのだと、知らしめるのだ。

「最高のレディになります」

ライデンは身体を起こし、ジュリアの前に立つと、手を差し出した。

「いいだろう」

意外と節のある無骨な指をしている。彼が使用人の仕事だけでなく、森の管理もしてきたからだ。

ロレンス公爵家に来て、いろんなライデンを見てきた。

噂なんて当てにならない。

ライデンは誠実で生真面目で、情の深い素晴らしい人だった。

(私、この手が好きだわ)

綺麗なだけの手よりも、ずっと親しみが湧く。この手を取れることが嬉しかった。

ジュリアはそっと自分の手を重ねた。

「お前を舞踏会でもっとも美しい華にしよう」

ライデンは不敵に笑い、ジュリアの指に口づけた。


ジュリアはその日から、舞踏会に向けての準備と使用人の仕事に明け暮れた。

午前中は使用人として働き、午後からはマナーの勉強をし、それが終わるとライデンから教養を教わり、ダンスの練習をする。夕方からはまた使用人に戻るという毎日だった。

もちろん、休憩時間なんてなかった。だが、疲れを感じないほど、毎日が充実していた。

学校で一通りのことを学んでいたおかげか、マナーもダンスも思っていた以上に身体が覚えていた。ライデンはさすがロレンス公爵と言うべきか、おぼつかないジュリアをうまくリードしてくれる。その力強さが頼もしく、ジュリアはライデンにますます惹かれていった。

この気持ちを何と言うのか、もう知っている。

けれど、どれだけ心と身体が惹かれていようとも、この想いは実らない。ライデンには何も求めないと決めているからだ。

（だから、恋心を育ててはいけないの）

なのに、ライデンはこれまで以上にジュリアに近づいてくる。ダンスの合間にも当たり前のように口づけてくるし、身体も求めてきた。

性行為に興奮しないと言っていた言葉は嘘だったのかと思うほど、ライデンとの情事は情熱的だった。

まるで、恋人みたいな時間がいたずらにジュリアを戸惑わせる。

いくら何も求めないと決めていても、こんなふうに抱かれていれば、期待もしてしまう。もしかして、彼が自分のことを好きなのではないかと思うくらいには、錯覚だってする。

それまでは純粋に喜べていたことも、そこにある彼の気持ちを知りたいと思うようになった。口づける理由や、身体を求める理由を知りたい。

与えることだけで幸せだと思えるほど、ジュリアは大人でも聖母でもなかったのだ。

好きな人には、愛してもらいたい。

ライデンの心が欲しい。

そう思うようになるまで、さほど時間はかからなかった。

でも、それでは自分もアデールやライデンの母親と同じになってしまう。これまで積み上げてきた彼からの信頼を失いたくなかった。

（ライデン様は私のことをどう思っているの……？　少しは好きだと思ってくれている？）

聞けない言葉はどんどん心に溜まっていく。

側に居ることを望んだのは自分なのに、今は彼の側に居るのが少しだけ辛かった。

だが、不安に負けていては舞踏会の準備は進まない。今はライデンのことだけを考えなければ。

ライデンはジュリアが舞踏会で着るドレス選びにも立ち会い、ドレスに合わせた宝飾品を注文するため、店の者を屋敷に呼びつけては、細かく指示を出した。

「スピリカルトを使ったネックレスを作ってくれ。デザインは愛らしさと清廉さをイメージしたもので、派手すぎず品のあるものだ。そうだな、トップは花がいい」

いったい誰の衣装なのだと思うほど、金に糸目をつけないライデンの様子にジュリアは真っ青になる。舞踏会に出るのがこんなにお金のかかることとは思っていなかった。

「ライデン様、そんなに豪華になさらなくても」

「これでも抑えている方だ。宝石はお前の魅力を引き立てるための飾りにすぎん。――ジゼルも言っていただろう。お前は美しいと」

魅惑的な眼差しを向けられての告白に、心臓が止まるかと思った。頬を赤らめると「その顔を他の者には見せたくないな」と言われる。

なんて、魅惑的な発言だろう。今やライデンは声だけでジュリアを魅了する。

「――私のこと雑草だと言ったのはどなたですか？」

「見た目は花のようだとも言ったはずだが？」

そう言って、ライデンがジュリアの髪を一房掬い、そこに口づけた。

「ジュリア、お前は美しい華だ」

その仕草に心は切なく震えた。

（――どうしてライデン様を好きになってしまったの）

恋をした相手が彼でなければ、こんなに苦しまずにすんだ。ジュリアは自分の想いを伝えられていただろう。

けれど、彼だからこそ、ここまで好きになったのだ。

誰よりも優しくて、誠実で、愛し方も愛され方も知らない、不器用で生真面目な人。

泣きたくなるほど、ライデンが恋しい。

ライデンを困らせたくないのに、彼への恋慕は大きくなっていくばかりだ。

ドレスの仮縫いをするために、ジュリアは指定された部屋へ向かった。

ライデンがジュリアに見立ててくれたドレスは、ブリリアントブルー。装飾を控えめにした分、生地にお金がかけられている。光沢のある糸で刺繍の施された生地で作られたドレスは、ジュリアの美貌を際立たせるすっきりとしたデザインになっていた。

これほど美しいドレスを着ているのに、自分はなんて悲しげな顔をしているのだろう。

「いかがなさいましたか？」

お針子たちの気遣わしげな声に、ハッと気を引き締め直した。

「ううん、何でもないの。少し気後れしただけ」

笑顔を取り繕い、寂しさをごまかした。

(家に戻ればきっとこの恋も忘れられる)

ライデンの言ったとおり、ジュリアには失えないものがある。家族を放って、自分の恋に走ることなんてできない。身体を壊した母はどうする、幼い弟の世話は誰がするというのだ。

忙しい毎日に振り回されていれば、きっと彼への想いも消えていくに違いない。

何より、自分は商家の娘。ライデンとは身分が違いすぎる。

彼を癒やせればそれでいいと思っていたはずなのに、自分はなんて欲張りになったのだろう。

(でも、どうしてイデアール伯爵はライデン様との子どもを望んでいるのかしら?)

何度考えてもそれらしい理由が思い浮かばない。

ふと、何かが引っかかった。

思えば、イデアール伯爵はメアリーを指名していなかったか。あれは、姉の方が人に好かれやすいからだと思っていたが、今思えば理由は別にあったのではないだろうか。

例えば、――自分の娘だから。

(――まさか。そんなはずないわ)

いくらなんでも、話が飛躍しすぎだ。母を強姦した相手がすぐ側でのうのうと暮らしていられるなんて考えられない。

ジュリアは浅はかな考えを振り払い、お針子の仮縫い作業が終わり部屋を出ると、ライデンが待っていた。

「今日はジュリアに見せたいものがある」

そう言って、ライデンは屋敷にある美術品を見せてくれた。一度機会があればゆっくり見て回りたいと思っていただけに、ジュリアにとっては何よりも贅沢な時間だった。

広間ほどあるギャラリーの壁いっぱいに飾られた絵画に、ロレンス公爵家の二万冊を超える蔵書。腰を据えて本を読めるように設けられた長椅子や、肘掛け椅子すらもジュリアの心を躍らせる逸品ばかりだ。

そして、ライデンが布で覆われていた一枚の絵画を持ってきた。

「素敵……」

描かれていたのはキャンバスいっぱいに咲き誇る大輪の花。フェリーチだった。薄桃色の花びらが見せる色彩が美しかった。こんなにも綺麗な花をジュリアは見たことがない。

「これがフェリーチの花……。妖精の寝床」

花の中には、小さな妖精が眠っていた。これを描いた人は、どんな願いを叶えたかったのだろう。

うっとりと目を輝かせると、「やっと笑ったな」とライデンに腰を抱かれた。

「最近のジュリアは浮かない顔ばかりだった。舞踏会に緊張しているのか？」

気づかれていたことに、喜びと後ろめたさがあった。

「そうかもしれないです」

「らしくない。お前には私がついている。何も案ずることはない」

頼もしい言葉が嬉しくて、切ない。

ライデンがジュリアに心を開いてくれるから、ジュリアは彼の心の中を覗きたくてたまらなくなる。

愛して、と言ってしまいたい。

「ジュリア、何を悩んでいる？　私には話せないことか」

すべてを打ち明けることができれば、どれほど楽になるだろう。

「お前に沈んだ顔は似合わない。誰にも見せたくないと言ったのも、本心だ。私はジュリアが可愛くて仕方ないんだ」

甘美すぎる囁きに、心が解けてしまいそうだ。

すり寄せてくる綺麗な顔に、おのずと唇が吸い寄せられる。

「ライデン様、私——……」

「ライデン様」

言葉を遮ったのは、キースだった。

珍しく厳しい表情をし、ギャラリーに入ってくる彼を見て、ライデンが身体を離す。

キースから耳打ちをされると、彼もまた同じ表情になった。二人してジュリアを見る。

「……どうしたのですか？」

ただならぬ気配に怯むと、「メアリーと名乗られる方がジュリアに面会を求めています」

と告げられた。

「――え……？」

唐突に懐かしい名を聞いて、一瞬誰のことか分からなかった。

「メアリー姉さんが？」

「はい。玄関にてお待ちいただいております」

（どうして、姉さんが来るの――）

よもやの来訪に、ジュリアはギャラリーから走り出た。回廊を走り、玄関ホールにたどり着く。

「あぁ、ジュリア……ッ」

立っていたのは、間違いなくメアリーだった。

「姉さん、どうして……？」

抱きついてくるふくよかな腕を引きはがし、メアリーを見た。

ジュリアと同じ碧眼の目は涙で潤んでいる。

「なぜここに？　母様は？　アーサーはどうしたの!?」

「ジュリア、私が間違っていたの……」

そう言って、メアリーはさめざめと泣き出した。

「イデアール伯爵様は私を指名したのだから、最初から私が来るべきだったのよ。あなたが居なくなって、私とても後悔したわ。私に召し使いみたいな仕事は無理だったの……。あとは私に任せてあなたは家に戻って」

勝手な言い分に、頭の中が真っ白になった。

メアリーがここに来ているのなら、家族の面倒は誰が見ているのだろう。

「父様はこのことを知っているの？」

「ジュリア、お願い。聞き入れてちょうだい」

刹那、摑まれていた腕に爪を立てられた。

「ここへ来る前に街で聞いたわ。あなた、ロレンス公爵様と建国祭の舞踏会に出るんですって？　ロレンス公爵様があなたのために高価なドレスや装飾品を誂（あつら）えていると噂になっているわ」

口調は優しいが、その目は少しも笑っていなかった。

「聞けばロレンス公爵様はとても美しいお方なのだとか。ねぇ、どうして私に教えてくれなかったの？　あなた、まさか知っていて私を出し抜いたの？」

　メアリーが訪ねてきた理由がわかった。

　彼女はどこかでジュリアの近況を聞いたのだろう。贅沢を忘れられないメアリーにしてみれば、まさに寝耳に水の話だったに違いない。

　スピリカルトで作られた豪奢な宝石に、ジュリアのためだけに誂えられたドレス。美貌の公爵に伴われ王宮での舞踏会に出席することは、メアリーの夢だったに違いない。

「あなたはまた私を不幸にするの？」

「痛――ッ。姉さん、待って。話を聞いて」

　メアリーから滾る嫉妬が伝わってくる。自分が嫌だと泣いて拒否したくせに、今になってジュリアに横取りされたと思うのは筋違いだ。

　けれど、それがメアリーなのだ。

「お願い、今は帰って。ライデン様にも迷惑がかかるわ」

「ライデン様？　あなたはそうお呼びしているの？　まさかイデアール伯爵に出された条件をもう満たしてしまったの？」

「条件とは？」

「――ッ!?」

ハッとして振り返ると、ライデンがキースを連れてやって来ていた。

怜悧な視線でジュリアたちを見据えている。

もしかして、すべて聞かれてしまっただろうか。だとしたら、なんて最悪な状況だろう。

だが、そんなことに気づかないメアリーは、ライデンの美しさに一瞬で心を奪われたようだった。

「あなたがロレンス公爵様……、なんて美しいの」

「ジュリア」

こちらを射貫くような鋭い目は、ジュリアに説明を求めていた。

「——ジュリアの姉、メアリーでございます。ロレンス公爵様」

メアリーがジュリアの一歩前に出て、優雅に一礼した。着ていた服はところどころ綻びができていた。いつまでも贅沢を忘れられない姉の惨めさが滲み出ていて情けなかった。

「姉さん、お願い。今は帰って！　いきなり来られても困るの」

「どこに帰れと言うのよ。帰りたいのならあなた一人が戻ればいいわ。私はここに残るもの。そして、ライデン様の子を身籠もってみせるわ。そんなことよりも、イデアール伯爵はあなたの勝手な行動にとてもお怒りだったわ。早く戻らないとお父様たちがどうなるか分からないわよ？」

「姉さん!!」

悲鳴に近い一喝も、メアリーの声は消せなかった。

「――ジュリア」

冷めた口調に、心がすくんだ。

「お前は家族のために金が必要だと言った。我が母と無関係だとも言った。どちらも嘘ではなかったようだが、すべてを話したわけではなかったのだな。まさか、イデアール伯爵までもが私の継嗣を望んでいたとは。低俗な者ほど血統にこだわりたがる」

吐き捨てた侮蔑に、ジュリアは声を上げた。

「違う、ライデン様」

「何が違う」

すげなく返され、グッと言葉に詰まった。

事実をすべて話さなかったのは、ジュリアの落ち度だ。いや、狡さだった。

イデアール伯爵からの条件はライデンから小切手を受け取った時点で満たさなくてもよくなった。だが、それはジュリアの中だけで解決したことで、小切手を持って家に帰らない限り、状況は変わっていなかったのだ。

(私が欲を出したから……)

はじめこそ家族のために勇んで来たが、途中から目的が変わっていた。ライデンのことを知れば知るほど、彼に夢中になってしまっていた。

だが、どう言いつくろったところで、ジュリアがライデンを騙そうとしていたことは事実だ。

「ジュリア、私に言うことはあるか」

話すべきことも話さず、彼の心が欲しいと思っていた自分は愚かとしか言いようがない。

この場でメアリーを帰らせたとしても、ライデンに知られたあとでは何の意味もない。

傷つけたくないと思っていたのに、自分が傷つけてしまうなんて。

「――ごめんなさい」

非を認めて謝罪すること以外、今のジュリアに何ができるだろう。

告げた次の瞬間。

「――きゃっ！」

「来い」

乱暴に腕を取られ、そのまま二階へ続く階段を上らされた。

「ラ、ライデン様ッ!?」

呼びかけに応える声はない。無言のままずんずんとジュリアの腕を引き先へ進む。

「待って、待ってください！　どこへ――……」

言い終える前に、ライデンは寝室の扉を蹴破るようにして開けた。屋敷中の部屋を掃除してきたが、ジュリアが決して入らなかった部屋がここ、ライデンの寝室だった。

ロレンス公爵家の当主らしい、豪奢な室内の中央にあるベッドに投げ出される。

起き上がろうとするも、のし掛かってきたライデンに阻まれた。

「なぜすべてを話さなかった。私はそれほど信頼に値しない男だったか？」

「――ッ、違います！」

「では、なぜ私はジュリア以外の者から事実を聞かされなければならない。お前をそそのかした存在が居たのなら、そう言えばよかっただろう」

もっともな言い分に、返す言葉がなかった。

「――だって、……約束だったから……。イデアール伯爵の存在に気づかれたら、援助はしないと言われて……」

もちろん、それが言い訳であることはジュリアも分かっていた。こんな状況になってもまだ、自分を擁護しようとする己の狡さに嫌になる。

だが、あの時点で言えなかったのも事実なのだ。

「ジュリア、私を見ろ」

命じられて、ジュリアは伏せていた視線を上げた。

「私が何に苛立っているのか、分かっているか？」

「あなたを騙して傷つけたこと……」

「違う。お前がイデアール伯爵と繋がっていることくらい、調べればすぐに分かることだ。

あの男がまだロレンス公爵家との繋がりを求めていたとしてもそれも些末なことだ」

「だったら、どうして……」

ライデンの態度がジュリアを戸惑わせる。

彼が今、何を求めているのかジュリアには分からないからだ。

ライデンの指がジュリアの髪を一房掬った。

「お前はひどい女だ。私の心をかき乱しておきながら、お前自身は私を一度も心の中に入れようとはしなかった。ジュリア、お前は人とは傷つき傷つけ合う存在だと言ったな。だからこそ、慈しみもするし守りたいとも思うと。今のお前はどうだ。私はお前の目にどう映っている」

「ライデン様は誰よりも優しくて、誠実で……。だからこそ、傷ついて」

「だから、何も言わなかったのか？　私ではお前を守り切れないと思ったか？」

思いもしなかった言葉に、ジュリアは目を剝いた。

自分が願っていたことは、ライデンの自尊心を傷つけていたのか。

求めないということは、必要とされていないと思われても仕方ないのだ。

ジュリアはふるふると何度も首を振った。

「違う、そんなつもりじゃなかった……。私はただ……あなたに傷ついてほしくなくて」

「浅はかすぎて苛立ちも湧いてこない。ジュリアは私の側に居ながら、私のことを何も見ていなかったのだな」

「そんなこと、ありませんっ」

「ある。だからこそ、ジュリアは気づいていない。自分が求めないから、知る必要もないのだろうが、私はジュリアを可愛く思っている。何度、お前を抱いたと思う。戯れや酔狂で勃つほど、私は享楽を好んではいない。心が動かなければ、お前を抱いたりしない」

「でも、それは――っ」

ライデンがジュリアを抱いていた理由なんて知らないからだ。知りたくても、聞いてはいけないと思っていた。だから、知らないままでいた。

なのに、ライデンの口ぶりだとそれこそが不満だったと言っているみたいだ。

「それとも、お前は違ったのか？　側に居たいと言ったのも、やはり子を身籠もるためだったのか？」

「そんなわけありませんっ。私はあなたが――っ」

言いかけ、口ごもった。

好きだと言ったところで、叶う恋でないことは分かっている。

「本音を語らない口など、塞いでしまおうか」

「ライデン様。待っ――……ッ」

言い終える前に、口づけられていた。

外そうともがくが、後頭部に回った手が抵抗を阻む。

唇をこじ開けられ、舌が歯列を割って口腔に入ってくる。逃れようと腕を突っぱねるも、ジュリアを押さえつけているたくましい体軀はびくともしない。

痩身に見えても、服の下にしなやかな筋肉がついていることは知っている。

反対の腕も回され、強く抱きすくめられた。

後頭部を大きな手で固定されると、口づけから逃れることもできなくなった。

「ふ……、ぅ……っ」

舌先で上顎を嬲られるたびに身体がじん…と痺れる。

ねっとりと口腔を愛撫しながら、ライデンが宥めるように背中を撫でた。そのまま肩を抱き込まれ、いっそう身体を密着させられる。ライデンの熱を全身に感じながらの濃厚な口づけに何も考えられなくなる。

息をするのも苦しくて、袖を摑んでいた手からも次第に力が抜けた。

「お前だけだ」

ライデンが苦しげに呟いて、唇を塞ぎ直す。

「お前だけが私の心をかき乱す」

掠れた声が鼓膜に響く。

髪をかき回され、角度を変えながら口づけられた。

「ジュリア……」

名前を呼ばれた、ジュリアはそっと薄目を開けた。

間近で見る秀麗な美貌、美しい双眸には困惑と情熱の光があった。

「……ライデン……様」

なんて綺麗な人だろう。

「お前が居ると苦しい」

眉を寄せて、それでもライデンはジュリアに口づけることをやめない。

「だが、お前が私の前から去ると思うと、もっと苦しいのだ」

告げられた言葉は、孤独の中にいたライデンがようやくジュリアに気づいてくれたように感じた。

「私はお前に求められたい」

ずっと求められることに疲れている人だと思っていた。だからこそ、自分は彼の側に居させてもらうこと以外、何も求めなかった。

けれど、ライデンはそれでは嫌だというのだ。イデアール伯爵の目論見を些末なことだと一蹴し、それでもジュリアを必要としてくれるのなら、差し出された手を取らない理由はない。

見つめてくる熱っぽい眼差しに身体は歓喜に満ち溢れていた。

「私も……あなたを求めていいの？」

「あぁ、そうだ」

触れるだけの口づけをして、唇が頬から鼻筋、瞼へと滑っていく。

「──お前は私のものだ」

余裕ある口ぶりとは裏腹に、ライデンの仕草には切羽詰まった必死さがあった。

「私のだ」

まるで抱きしめてほしい子どものような姿に、愛おしさがこみ上げてくる。

本当は寂しくて仕方ないのに、ライデンは自分の気持ちに気づけていない。

貴族としての矜持が高慢な態度を取らせているのだとしても、彼は自分が思っているほど強くはないのかもしれない。

(──好き)

彼の心にはアデールがいる。だから、求めてはいけないと思っていた。

腕を背中に回し、目一杯ライデンを抱きしめた。

想いを言葉にしていない間は、まだ身体を寄せ合うにも理由が必要だった。

(私がライデン様のものになれるのなら、どうか彼の好きにしてほしい)

見つめ合い、どちらからともなく唇を寄せ合った。

唇を開き、積極的に舌を絡める。喉の奥まで犯されそうな激しさにくらくらした。

ライデンの手がさわり…とスカートの裾の中に潜った。

「ふ……っ、ぁ……待って」

内股を摩り、奥を撫でてはまた脚を這う手つきに、ジュリアは慌てた。

「ライデン様、待って」

「今すぐお前が欲しい」

「ま、待って。でも……っ」

うるさい、と言わんばかりに唇を塞がれる。

脚を這い回っていた手は、シュミーズの中にまで潜り込んできていた。

「あ……っ」

直に肌を撫でられる感触に、思わず声が出た。

ぺろりと舌で首筋を舐め上げられる。

「淫らになったな」

囁き、耳殻に歯を立てる。柔らかい場所を甘噛みされるたびに腰が熱くなった。

「や……ん、ライデン……様」

股の奥をくすぐっていた指が陰唇を割る。蜜穴に先端を挿し込まれた。浅い場所を弄られ、くちくちと淫靡な水音が立つ。

「嫌がるくせに、ここは懐いてくる。心をかき立てる音だ」

「やだ……そんなの、聞かない……で」

ライデンが首筋に顔を埋めてくるのを首を振って抗った。

「本能を滾らせるジュリアが悪い」

「何言って……」

一瞬、意識が逸れた隙に、ずぷりと指が根元まで押し込まれた。

「あぁ……」

秘部の中が自分の意志とは関係なく、ひくついている。指が動くたびに、粘膜がうねり悦んでいた。

「ライデン様……駄目です」

与えられる刺激に打ち震えながらも、なけなしの理性を総動員させてライデンを止める。

「嘘だな」

「嘘じゃな……あぁっ！」

入ってきた二本目の指におののいた。背中を反らせて身体を強ばらせると、宥めるように唇を舐められた。吐息ごと貪られ、ねっとりと舌を絡められる。

おのずと腰が揺れた。

ぬるい刺激がもどかしくて、きゅっと指を締めつける。

「脚を開け、すべて私に明け渡せ」

命じる声にジュリアは瞳を震わせた。

(こんなの、はしたないのに……)

分かっていても身体が言うことをきかない。おずおずと股を開く。

「ん……んぁ、あ……っ」

動きやすくなった分、ライデンの指の動きが滑らかになった。二本の指で秘部を擦られる快感をジュリアは目を閉じて受け入れる。

「あ……ぁ、あ……」

どうしてこんなに気持ちがいいのだろう。

粘膜から伝わる甘い痺れが全身の血を沸き立たせる。味わってしまった快感を求めて、ジュリアは腰を揺らめかせて自らライデンの愛撫を求めた。

「ライデン……様、……して、もっと……」

「淫らな匂いだ」

は…、と熱っぽい吐息を吐き、ライデンがほくそ笑む。スカートをめくり上げて、濡れそぼった秘部に顔を寄せた。

布地の上から熱い感触が這う。舌先で蜜穴をくすぐると新たな淫液がしみ出てきた。

「やぁ……、あ…ぁ、んっ」

熱い吐息が布越しにかかるたびに、淫靡な快感が全身を痺れさせる。腰をくねらせ、漆黒の髪に指を埋めながら、か細い悲鳴を上げ続ける。

「邪魔だ」

掠れ声で呻くように囁いたあと、ライデンがジュリアの下着を取り払った。外気に晒されひやりと感じるも、すぐに熱い肉厚の感触に取って変わる。

むしゃぶりつくように蜜を啜られ、舌が恥部の中に差し込まれる。

「ひぁっ、……そ…れ……っ、あぁ！」

ずず…と聞こえてくる音に心を震わせながら、秀麗な美貌が獣みたいに秘部をしゃぶる淫蕩な光景に、どうしようもなく欲情が煽られる。

もっとライデンが乱れる姿を見てみたい。彼もジュリアで気持ちよくなってほしかった。

「ライデン様……、も……ぅ」

浅い呼吸を繰り返しながら、艶やかな黒髪を撫でた。こちらを見つめる黄褐色の双眸は熱っぽく潤んでいて、見つめられるだけでぞくり…と淫らな気持ちを湧き立たせる。

ロレンス公爵を見下ろせる者がこの世にどれだけ存在するだろう。

蜜に濡れた彼の唇を指で拭う。赤い舌で愛液を舐め取られ、指を食まれた。熱い口腔に含まれながら、あめ玉を舐めるみたいに舌を這わされる。

「駄目……」

ゆっくりと指を引き抜くと、ライデンが伸び上がり唇を寄せてきた。しっとりと重なる唇に目を閉じる。衣擦れの音がして下を向くと、ライデンがそそり立つ自身の欲望を取り出していた。長大でずっしりとした質量を保つ怒張は雄々しく、天を向いて反り返っている。

ライデンは片膝立ちになると、先端を秘部に押し当てた。陰唇の割れ目に沿って先走りが塗り込まれる。

ぬめりがほどよい潤滑油となり、恥部の上を滑った。亀頭の先端が陰唇を割り、潜む花芯を探り当てると、ごりごりと擦り付けてくる。

「……あっ、あぁ……！」

ぬち、ぬち…と粘ついた音に交じって聞こえるライデンの荒々しい息づかいは、まるで獣そのものだ。

間断なく続く摩擦に、つま先に力が入る。下腹部に溜まった熱が出口を求めて渦巻いていた。

苦しさと快楽が入り交じる愛撫に、ぞくぞくと背中が震えた。

「ま……待って、ライデン様……」

制止の言葉は、もはや何の意味も持たない。

口先だけの「待って」を呟きながら、恍惚へと落ちていく。

手を取られ、自らの怒張へと導かれた。

「ジュリアの中が好きなんだ」

囁きに呼応して、猛々しく漲る幹がびくびくと脈動している。

ライデンがジュリアの手ごと陰茎を扱き出した。

「こんな気持ちは一度もない。お前だけだ」

ぬらつく皮膚からは粘ついた音がひっきりなしに聞こえてくる。

熱く硬い楔を、手のひらで感じれば感じるほど、秘部が切なく疼いた。

乾いた唇を舌で潤した刹那。

「――ッ」

ライデンはジュリアの脚を大きく開かせ、怒張した先端を蜜穴にあてがうと一息で押し込んだ。

彼の形に馴染んだ場所は、ずるずると剛直を飲み込んでいく。じわじわとやってくる甘美な疼きに身悶えた。

限界まで押し広げながら、野太い欲望が奥へと進んでいく。

「あぁ……ッ!!」

すぐに挿入が止まるも、ライデンが腰を抱え直すと一気に奥まで満たされた。

信じられないくらいの質量に、息すらできない。

全身からどっと汗が噴き出した。欲望を咥え込んでいる場所からひりつくような快感が全身を覆う。ジュリアは息をするのもやっとだった。

悪辣な存在を咎めんとするかのように、秘部が屹立を締めつける。ライデンの表情が苦痛に歪むと、中に飛沫がかかった。

「……っ」

声を呑み、ライデンがゆっくりと身体を倒して口づけてくる。小鳥がくちばしで啄むみたいに、顔中に口づけが降ってくる。

「あ……あぁ……、……ねがい。うごかない……で」

わずかな振動ですら、今のジュリアには過ぎる快感だ。涙を零しながら、懇願した。

「早くお前の中に入りたくて――我慢がきかなかった」

子どもみたいな言い訳に、苦しいのに笑みが零れた。

「ふ……ふふ……っ」

ゆっくりと身体の奥へ流れ込んでくる体液は、ジュリアの心を温かくさせた。

「笑うな」

むっとした口調をどうして笑わずにいられるだろう。

間近にある秀麗な美貌を覗き込めば、欲情に濡れた綺麗な双眸があった。

「いいの……」

愛する人に求められるのなら、これほど嬉しいことはない。

腕をのばし、ライデンを抱きしめた。

「して……、もっとライデン様を感じたい」

爛れるくらい激しくライデンをこの身体に刻みつけてほしかった。

秘部に収まった欲望は、精を吐き出しても硬いままだ。衰えることのないたくましい幹に秘部が絡みつく。

ゆるり…と腰を揺らめかせた。ライデンの首に抱きつき、耳元で囁いた。

「して……」

ごくり…とライデンの喉が鳴った。

直後、腰を突き上げられた。

「――ッ!!」

「望みのままに」

「あぁっ!!」

突然始まった激しい律動に、ジュリアが悲鳴のような嬌声を上げた。

長大な存在がずるずると秘部の中で蠢いている。それは、たとえようのない感覚だった。

ひりつくような痛みがある。擦られ摩擦が生む熱さが粘膜を焼く。最奥まで届く欲望は開かれたばかりの蜜壺にはまだきつい。

ライデンは根元まで怒張を押し込み、小刻みに腰を動かす。

両手で腰を固定されているせいで、身動き一つ取れない。灼熱の楔に穿たれることで、まだ知らなかった感覚が呼び起こされようとしていた。

「ふ……ぁ、あ……あっ、あ……」

悲鳴に甘さが交じるようになると、秘部の中がうねるように蠕動する。より奥までライデンを咥え込もうとジュリアの身体から強ばりが緩んでいくのを感じると、ライデンは腰の動きをますます獰猛なものへと変えていった。

「ジュリアの中は……たまらない」

「……ぁ！　あ……っ、んんっ」

長いストロークで亀頭が抜けるかと思えば、最奥を抉るほど深く突かれる。そのたびに鮮烈な快感が身体の芯を焦がした。

溢れる愛液でぬらつく怒張が、生き物みたいに秘部の中を行き来している。

血管が浮き出た欲望を押し込まれるたびに、激痛が走る。なのに、底知れぬ快感もあった。

秘部はひっきりなしにひくつき、淫らな音と共に蜜を滴らせている。

否応なくライデンの極太の欲望で押し広げられているだけでも苦しいのに、内臓を押し上げるような圧迫感に甘美な刺激が湧き上がってくる。

（好き、ライデン様が好き……）

ジュリアの全身が愛おしいと言っている。

今だけは、彼のすべてが欲しい。髪一筋、溢れる精の一滴までも誰にも渡したくなかった。

「好き、好き……」

うわごとみたいな「好き」を繰り返すと、ライデンに唇を奪われた。

喉の奥まで舐め取るような濃厚な口づけが好き。

凶悪な存在で獰猛なまでに貪られるのも、好き。

彼になら骨まで食べられてもかまわない。

脈動する欲望に合わせて、ライデンの動きにも余裕がなくなってくる。

膝裏に腕を通されると、おのずと腰が上がった。深い場所を穿たれているうちに、身体の奥がゆっくりと開いていくのを感じた。

ジュリアの身体がライデンを受け入れたがっている。

ちりちりと下肢から這い上がってくるむず痒さに乱舞していた快感が、一斉に秘部の奥へと矛先を向けた。

「あ……だめ、だめ……何かくる……」

ぞくぞくと快感が皮膚の下を走った。

「あぁ、あ――ッ!!」

強烈な快感に意識が飛ぶと、ライデンもまたジュリアの中で爆ぜた。

夜通し続いた情事にもかかわらず、いつもと同じ時間に目が覚めたのは習慣からだった。

隣では、ライデンがぐっすりと眠り込んでいた。

信じられないくらい長い睫をしげしげと見つめながら、秀麗な造形に目を細める。

ライデンは自分を許してくれた。その上で、ジュリアを守りたいとも言ってくれた。

求めてはいけないと思っていた人からもらった心が、ジュリアに勇気をくれた。

(ライデン様を頼っていいのね)

彼が起きたら、すべて話そう。その上で、家族を助けてと願ってみよう。

姉は激怒するだろう。だが、もう暴力に屈したりはしない。

愛する人を守りたいから、立ち向かうのだ。

ジュリアはライデンを起こさないようベッドから抜け出した。

手早く身なりを整え、その足で使用人用の勝手口へと向かう。今朝も執務室に飾る花を庭師に分けてもらいに行くためだ。

だが庭へ向かう途中、見知らぬ婦人が立っていた。

（誰……？）

一瞬、迷い込んだのかとも思ったが、ここは山の中腹だ。屋敷へ続く道は一本道、目的を持った者以外、来ることのない場所だ。

「どちら様？」

かけた声に振り返った婦人は、目鼻立ちの美しい人だった。

いでたちからして貴族だろう。あいにくジュリアは貴族社会に疎いせいで、顔を見たくらいでは名前まで分からなかった。どこかで会ったことがあるような顔立ちに、茶色の髪、髪と同じ色の目をした婦人は、あけすけなほどじろじろとジュリアを見た。

こんな早朝から何の用だろうか。

朝露に濡れる清々しい中庭に、まるで一輪の毒々しい花が咲いているような光景だった。

すると、婦人が見るからに嫌そうに眉をひそめた。

「あなたがジュリア・ロッソね。ライデンと市場に居たという娘？」

そう言って、「ふ～ん」とジュリアを見下すように、声を零した。

「確かに綺麗な顔をしているけど、商家の娘は駄目よ。ロレンス公爵家には相応しくないわ」

婦人は持っていた扇でジュリアの顎を持ち上げると、つぅ…とうなじをなぞり、ある一点でぴたりと止めた。

「でも、あの子はあなたを気に入っているみたいね。これ、ライデンがつけたのでしょう。あの子、アデールにもここに痕を残してたもの」

さも訳知り顔でアデールとの閨事を話す様子に、悪寒が背筋を這った。

(ライデン様のお母様だわっ)

婦人の言動は、まさにライデンから聞き知ったことに当てはまっていた。

継嗣を作ることに執着していて、そのために夫婦の営みにまで立ち会ったという、常軌を逸した行動に出たライデンの母親ドロテだ。それが原因で、ライデンから敬遠されているというのに、彼女に懲りた様子は微塵もなかった。むしろ、こんな早朝からやってくるくらいなのだから、今もライデンへの執着心は並大抵のものでないことがうかがい知れる。

常識を疑うようなドロテの行動に、ジュリアは思わず彼女を睨みつけてしまった。

「まぁ、生意気な顔。教育がなっていないわ」

「そんなこと、あなたに関係ありません。ここはあなたが来るべき場所ではないはずです。お帰り願えますか？」

「あら……、生意気なのは顔だけじゃないのね。そんなことより、ライデンを起こしてきて。王宮での舞踏会に出るのなら、ぜひ連れて行ってほしい子が居るの。ライデンもきっと気に入るはずだわ」

嫌悪しかない話に、ジュリアは頷けるはずがなかった。

「ライデン様の同伴は私がします」

「だからよ。あなたみたいな身分卑しい子を連れて行ったら、社交界で笑われてしまうでしょう？　それだと困るのよ」

にべもなく存在を否定され、ジュリアは呆気に取られた。

「ロッソ商会はもうおしまいね。あぁ、でも、あなたの姉がライデンの妻になりたいというのなら考えてもいいわよ」

「どういうことですか？」

聞き捨てならない台詞に、ジュリアは眉をひそめた。

「ロレンス公爵の子を産むかもしれない娘のことよ？　調べるのは当然だわ。いくらライデンがあなたを気に入っていたとしても、私は認めないわ。私の優秀な血を継ぐ継嗣は貴族の娘の腹から生まれてこなければいけないの」

「あなたの優秀な血ですって？　ライデン様がロレンス公爵になれたのは、人一倍努力なさったからです！　それに、あなたは姉が貴族の娘とでも言うのですか!?　そもそも、こんな早朝から押しかけてくるなんて、非常識です！」

「非常識なのはあなた。私を誰だと思っていて？　先のロレンス公爵に愛された女で、ライデンの母よ。なのに、あの子ったら、誰のおかげで今の暮らしができていると思っているのかしら？　ねぇ、あなたからも私を屋敷へ戻すよう、ライデンに口添えしてくださらない？　そうすれば、愛人くらいになら認めてあげないこともないわ」

　ジュリアにはドロテが何を言っているのかまったく理解できなかった。自分勝手な言い分には開いた口が塞がらない。どこに自分を貶した相手のために労を執るお人好しがいるというのか。

「お断りします！」

　断言し、出ていけとばかりに街の方角を指さした。

「これ以上、勝手をするのなら人を呼びます」

「いいわよ、誰が来るのかしらね。楽しみだわ」

　彼女の態度は、天晴(あっぱ)れなほどふてぶてしいものだった。ドロテはジュリアを押しのけ、勝手に中へ入っていこうとする。

「お、お待ちください！　中に入られては困りますっ」

「私はこの屋敷の人間よ。無礼を働いたから、あなたはクビね」

　なぜロレンス公爵家の使用人たちが次々に辞めていったのか、たった今、分かった。ドロテが辞めさせたからだ。

「お腹が空いたわ。食堂に朝食を用意してちょうだい。もちろん、給仕はあなた以外ね。そうね……、キースがいいわ」

「待ってください！」

前に回り込んで、ドロテの前に立ち塞がった。その次の瞬間。

「あなた、目障りね」

その直後、頬に強い衝撃が走った。一瞬の摩擦熱のあと、ひりつくような痛みがこみ上げてくる。扇で頬をぶたれたのだ。思わず、その場にくずおれた。

ドロテが面白げな表情でジュリアを見下ろした。

「ロッソ商会はついに不渡りを出したそうよ」

ドロテの言葉に、すぅっと血の気が引いた。

「落ちぶれるって、本当惨めね」

心臓が嫌な音を立てている。

父はイデアール伯爵が置いていったお金に手をつけなかったのだろうか。

――昨日、メアリーは何と言っていた？

『どこに帰れと言うのよ』

ならば、父たちは今どうしているのだろう。

すぅっと身体から血の気が引いた。

居てもたってもいられず、ジュリアは屋敷を飛び出していた。

第五章

昔から、愛を題材にした物語が苦手だった。

嫌いではないが、自分とは縁のない話すぎて、理解できなかったからだ。

だが、時々は考えていた。

愛とはどんなものだろう。

世の中には数多の愛が描かれている。そのどれもが、愛とは素晴らしいと謳っていた。

母親に抱きしめてもらった経験もない。誰かを好きになったこともなかった。ライデンを取り囲む者たちは、ライデンを次期ロレンス公爵にすることにしか興味を抱いていなかった。

今なら、キースやジゼルたちがその宿命を歓迎していたわけではないと分かるが、当時のライデンにはそこまで他人の気持ちを推し量る術はなかった。

愛を知らぬまま大人になり、妻を娶った。

アデールもまた自分と同じ、人生を強要され続けた者だった。

縁あって夫婦となったのだ。希薄な関係だったとはいえ、情はあった。だが、母の常軌を逸した行動に嫌気がさし、アデールとも距離を置いた。

人を愛するには、自分の心はあまりにも幼かったのだ。彼女の寂しい心に気づいたときには、どうにもならないところまで来ていた。

頼る存在もない中で、アデールが覚えた不安はどれほどのものだったろう。彼女が寂しさにつけ入った兄に救いを求めたとしても、自分は彼女を詰る資格などない。

アデールの死に覚えた安堵に絶望し、ライデンは他者との関わりを断った。

人ではなくなったような恐怖心から逃れたくて、森へ逃げ込んだ。そこで祖母が残したツリーハウスを見つけ、今度は自分が住みつくようになった。

何もせず、森の中に籠もるだけの毎日だったが、誰もライデンを咎めなかった。

そのうち窓から見える景色に気がついた。

間伐されていない森は鬱蒼としていて、日中ですら日の光が入ってこない。

大木の下に芽吹いた新芽を見つけた。やがてあれも枯れる運命にある。

そう思うとやるせなくなり、木の枝を切り、光を入れた。薄暗い森に差し込んだ一筋の光はやたら神々しく、生命の息吹を感じた。

荒れ果てたツリーハウスを改修し、森の管理を始めた。それでも、誰も何も言わなかった。放っておかれることはライデンにとっても都合がよかった。

森はいい。

生きることに精一杯で、誰もがライデンに無関心だ。搾取することを強要されることもない。そうしていると、自分も自然界の一部になれた気がした。

自分にとってアデールとはどういう存在だったのか。

三年経って、ジュリアがその答えを持って現れた。

翡翠みたいな瞳をまっすぐライデンに向けながら、追い払っても追い払っても彼女はそこに居続けた。

『あなたはアデール様が好きだった。違いますか？』

自分にもっとも縁の無い言葉で、彼女は気持ちを代弁してくれた。

好き。

そのたったひと言が自分には見つけられなかった。

心を燃やすような激しさはなかったが、アデールの慎ましくも清廉な雰囲気は気に入っていた。花が好きで、中庭を散歩している姿を何度も見かけた。

(そうか。私はアデールが好きだったのか)

心に落ちた言葉は、それまであった空虚感を消し去りはしたが、傷を癒やすまでにはいたらなかった。

結果的に自分がアデールを死に追いやってしまったことは変わらない。

『私はあなたを癒やしたい』

ジュリアはほとほと変わった女だった。あのときも、自分が思いもしないやり方で、労ってくれた。

だが、自分は確かにあの瞬間、救われたのだ――。


起きると、ジュリアは居なかった。

彼女はどこへ行ったのか。

(おおかた仕事にかかっているのだろう)

真面目なジュリアのことだ。想いを通じ合わせたところで、慢心したりはしない。ジュリアはいつだって純真で眩しいほどまっすぐな性格だ。

ふと、人の視線を感じて振り向いた。直後、――目の前にいた人の姿に瞠目した。

「おはよう、ライデン。よく眠っていたのね」

一生見ることもないと思っていた人物は、我が物顔でソファに腰掛けていた。

「――誰の許しを得て、屋敷に入ったのですか。母上」

「許可が必要かしら?」

「当然です。——キース! キースは居るかっ!」

荒らげた声に、すぐに慌ただしい足音が近づいてきた。

「失礼します、ライデン様。お呼びで——……」

入ってきたキースが、ソファで寛ぐドロテの姿を見て息を呑んだ。

「ドロテ様……」

「職務怠慢だぞ。誰が通していいと言った」

「申し訳ありませんっ」

「ライデンったら、あまりキースを叱らないで」

わざとらしくキースを庇う姿に、ライデンは眉を寄せた。

「あなた、今度の舞踏会に出るんですって? 同伴は私が決めた方にしてくれないかしら? あの娘……、何という名前だったかしら。そうそうジュリアには私からよ~く言って聞かせておきましたから、何も心配しなくていいわ」

ライデンはキースが肩にガウンを羽織らせるのを待って、ベッドを下りると、ドロテの前に立った。

「彼女に何と言ったのですか」

「もちろん、現実を伝えたのよ?」

醜悪な微笑に、ライデンが視線を強めた。

「追い出したのですか？」

「当然だわ」

その言葉に、ライデンは扉へ向かった。

「どこへ行くの？　あの子を追いかけるなど許しませんよ」

母もまた立ち上がり、ライデンへ向き直った。

「商家の娘だそうだけれど、所詮は庶民だもの。ロレンス公爵家に必要なのは由緒正しい者たちの血だけでいいの。他は要らないわ」

「あなたは変わらない。アデールの妊娠を知ったときも血が大事だと喚き、兄の子を宿したと言ったアデールを手にかけようとした。当時、私の許可なく屋敷に踏み入れば、命はないと言った言葉を覚えていないのですか？」

「元凶だったアデールは死んだじゃないの。ならば、私の罪も許されるのではなくて？」

くすくすと楽しげに笑う姿には、不快しかなかった。

「ならば、私の血もロレンス公爵家には不要となります。あなたの子だからです」

「あなたは選ばれた者なのよ。私の血が優秀だと認められた証なの！　絶対に駄目！」

途端に、激高し始めたドロテをライデンは冷めた気持ちで見ていた。気に入らないことがあると、すぐ癇癪を起こす姿を見るのも久しぶりだった。

思えば、ライデンの人生の大半は、母親のエゴで縛られていた。

もし、違う境遇に生まれていれば、自分は人生に何を望んだだろう。

ロレンス公爵になる以外の人生があることを示唆してくれたのも、ジュリアだった。

彼女を想うと、こんなにも胸が温かくなる。

――これが、愛なのか。

アデールが死ぬほど望んだライデンからの愛情。

彼女が好きだった。けれど、それはジュリアに感じるものとはまったく別物だった。

自分はこの先もアデールには望んだ愛を返すことができない。この心が揺れるのは、ジュリアのためだ。

(――許せ、アデール)

愛しいジュリア。

だからこそ、自分からジュリアを排除しようとする者は誰だろうと許さない。

黄褐色の双眸が、冷酷な光を宿した。

「キース、不法侵入者を捕らえろ」

「母親に向かってなんて口の利き方なのっ!」

「あなたはすでに私の人生に必要ない。――命令に背き、ロレンス公爵家の敷居を跨いだことを後悔するがいい」

「な、何を……するつもりなの!?」

「あなたの望み通り、屋敷に置いて差し上げると言っているんですよ。覚えているでしょう。屋敷にある地下牢のことを。――連れて行け」

「なぜ私がそんな場所へ行かなければいけないの！　嫌よっ、キース。離しなさいっ!!」

「ドロテ様、ご容赦ください」

暴れるドロテの手を後ろに捻り上げ、キースが連行していった。

「ジュリア……」

人と関わることが煩わしい。

そう思っていた自分が、ジュリアの姿が見えないだけでこんなにも心が乱されている。

(私を求めてくれ)

ライデンは祈る気持ちで、部屋を出た。

☆★☆

「馬鹿者がっ、私の金をどうしてくれるっ!!」

空を切る音が響き、鞭がしなった。

「うぁっ!!」

「父様ッ!!」

聞こえた悲鳴に、ジュリアは父の身体の下でもがいた。

「お願い、退いて！」

「駄目だっ!!」

「でもっ、父様がッ!!」

幾度、容赦ない鞭が父の背を傷つけただろう。相当な激痛が父を襲っているはずだ。

ジュリアを抱きしめる身体は汗ばみ、熱い。

ロレンス公爵家から飛び出し、行商の馬車に無理を言って乗せてもらい、アルバンの家族のもとへ戻って来たときは、日は傾き出していた。

ロッソ商会が不渡りを出したという話は嘘だった。

ジュリアはまんまとドロテの嘘に騙されてしまったのだ。

だが、父はやはり、イデアール伯爵が置いていったお金に手をつけていなかった。

「お前を犠牲にして得た金など、使えるはずがないだろう？」

それが、父の言葉だった。

では、自分がしてきたことは何だったのだろう。

何のために、ロレンス公爵邸へ行ったのか。

家の中は惨憺たる有り様だった。メアリーはまともに家事をしておらず、母も弟もどことなく薄汚れていた。聞けば、メアリーはここ最近ほとんど家に居なかったらしい。

「なんてこと……」

だが、メアリーがしていたのはそれだけではなかった。彼女はイデアール伯爵が置いていったお金を黙って持ち出していたのだ。

父がそのことに気づいたときには、すでにほとんど使い込まれたあとだった。父に責め立てられ、メアリーが家を飛び出したのは一昨日の話だという。

そこへ運悪くイデアール伯爵がやって来てしまったのだ。

出した条件を反故にされ、前金だと置いていったお金まで回収できないと知ったイデアール伯爵の怒りはすさまじかった。

ライデンから渡された小切手さえあればと思うも、ロレンス公爵邸の自室に置いてきてしまった。

イデアール伯爵の怒りに、部屋の奥に居た母と弟は完全に萎縮してしまった。父がイデアール伯爵を押さえ込んでいる間に、ジュリアは咄嗟に二人がいる部屋の扉を外から閉めた。その直後、父の制止を振り切り、イデアール伯爵がまっすぐジュリアに襲いかかってきた。

「お前は私が守る……ッ」

「でも、そんなことしたら父様が!!」

「お願い、父様！　もうやめてっ。伯爵、イデアール伯爵！　お願いでございます。これ以上、父に鞭打つのはおやめくださいっ」

「やかましいっ！」

一喝と共に、また鞭が振り下ろされた。

父はジュリアを深く胸に抱きしめたまま動こうとしない。

「あぁぁっ!!」

「父様、父様。お願いやめて……っ」

「娘のために身体を張らなくて、何が父親だ。お前は私の大事な娘だっ」

抱きしめる腕の力が強くなる。

「娘に辛い思いをさせたふがいない父親だが、兄さんにはもう私の大事なものには指一本触れさせないっ！」

「ははは、悔しいか！　私に愛する女を奪われたことをいまだに根に持つくらいだからなっ。だが、どうだ。メアリーは美人になっただろう！　お前の血ではない、私の血のおかげだ！」

（な――んですって……？）

ジュリアはイデアール伯爵の言葉に耳を疑った。ならば、ドロテが言っていた、姉が貴族の娘だという話は本当だったのか。

だが、聞かされた事実に納得もしていた。今のイデアール伯爵の姿はジュリアを打つときのメアリーにそっくりだ。

「あぁ、悔しいが暴力的なところは兄さん似だよ！」

痛々しい声での告白に、ジュリアは目を剝いた。

「父様……、なんでそのこと……」

ジュリアの背中にある傷のことは誰も知らない。にもかかわらず、なぜ父がメアリーの暴力性を知っているのか。

「――メアリーがアーサーに手を上げた」

伝えられた事実にジュリアは愕然とした。

「アーサーの頰が赤く腫れ上がっていたのを問い詰めたら、ジュリアの代わりだと言った。日記のことも聞いた。――どうしてもっと早く言ってくれなかったんだ」

「そ、それでアーサーは？　大丈夫だったの!?」

すると、父が玉のような汗を浮かべながら苦笑した。

「お前はいつも他人のことばかりだ。辛かっただろう」

すまない、とジュリアを包み込むように抱きしめ直す。

「父様ッ、私のことはいいの！」

「美しい親子愛だな」

イデアール伯爵が鼻を鳴らしてあざ笑った。

「自分の娘を平気で傷つける人間には分からないさ。アデールにもこうやって手をあげていたんだろうっ!?」

「それが何だ。我が子を躾けるのは親の務めだろう」

「それは躾とは呼ばない！　兄さんがしていたことは虐待だっ！」

「黙れ、黙れ黙れ黙れ!!」

顔を真っ赤にしてむちゃくちゃに鞭を振るう。

やまない打擲の音が父の声をかき消した。

やがて、ずしり…とのし掛かる重さを感じる。

「父様……？」

「だ……い、じょうぶ……だ」

切れ切れの声はするものの、もう声を出すだけがやっとなのだ。

「やめて！　もうやめてくださいッ!!」

金切り声を上げた次の瞬間。

「ジュリアッ！」

けたたましく扉が開き、漆黒の長い髪がたなびいた。

（ライデン様――ッ！）

愛しい人の声に、ジュリアはゆるゆると顔を上げた。

ライデンは室内で行われていた暴行を見るやいなや、みるみる眦をつり上げた。

「き……さまっ！」

怒号を発し、イデアール伯爵を殴り倒す。

突然の出来事に虚を衝かれたイデアール伯爵が真横に吹き飛んだ。

ライデンのあとに続くようにして、数人の男が飛び込んでくる。

(何……？)

男たちはまたたく間にイデアール伯爵を拘束した。

ライデンがジュリアたちのもとに駆け寄り、朦朧としている父を抱き起こした。

「しっかりしろっ！」

ライデンの呼びかけに、父は苦しげに、だがしっかりと頷いた。

「助かり……ました」

「すぐに医師に診せる」

ライデンは近くに居た男に父を医師のところへ連れて行くよう指示した。

「ジュリア、大丈夫だったか？」

なんと、近くにいた男はダンだった。

「ダンまで……。何がどうなってるの……？」

呆然としている間に、ライデンに抱きしめられた。

「無事か？　どこも傷つけられていないか？」

「は、はい。私は大丈夫です。でも、私のせいで父が」

「大丈夫だ。当分は痛むだろうが、必ずよくなる」

ライデンの言葉に、ホッと胸をなで下ろした。すると、今度は今さらながらどうしようもない震えがこみ上げてきた。

恐怖に怯えるジュリアをライデンが強く抱きしめた。

「どうしてここが……？」

「私を誰だと思ってる。ジュリアひとりの居場所を探すことなど造作もない」

言葉とは裏腹に、ライデンから伝わってくる心臓の速さに泣きたくなった。

「心配してくれたのですか？」

「当たり前だ。いきなり居なくなる奴があるか」

耳元で囁かれる叱責が、こんなにも嬉しい。

もう安心していいんだと思うと、堪えきれなくなった涙が次々と溢れてきた。

「怖かった……、やめてって言っても……やめてくれなくて。父様が死んじゃうんじゃないかって」

「怖い思いをさせた。すまなかったな」

ジュリアは腕の中で何度も首を横に振る。

ライデンが謝ることは何もない。

そこへ、イデアール伯爵が突然喚き出した。

「なぜだッ！　どうして私が捕らわれるのだっ!!」

ライデンがジュリアを背に隠して、立ち塞がった。

「自分の愚かさにまだ気づかないのか。アデールへの虐待、ならびにロッソ家への恐喝、教唆、暴行。お前は罪に塗れている。ロッソ家の娘を私によこしたのは、アデールの代わりにするためか」

「お前が援助を打ち切るなどとほざいたからだろう！　大人しく金を出していればいいものを、お前のせいで私は破産だっ！」

高笑いが部屋に響く。

「連れて行け」

ライデンの声に、ダンがイデアール伯爵を引き連れていった。

「どういうことなの……。ライデン様、今の話は……」

「あの男は、メアリーが私との子を身籠もったあかつきには、メアリーが自分の娘であることを公表し、養女として迎え入れたのち、ロレンス公爵家に〝仕方なく〟嫁がせる算段だった」

ようやく知ったイデアール伯爵の奸計の全貌に、ジュリアは絶句した。

イデアール伯爵はロレンス公爵家が持つ資産を狙っていた。いや、もしかしたら、彼もまたドロテ同様、自分の血をロレンス公爵家に残したかったのかもしれない。

養女とするなら、ジュリアであってもかまわなかったはずなのに、あえてメアリーを指名したのも、自分と血が繫がっていたからだろう。

「――怪我はないか？」

ジュリアの頰をライデンが指で撫でた。

「はい。父様が守ってくれたから……。それよりも、アーサーや母様は大丈夫かしら？　それに、姉さんはどうして居ますか？」

「そんなことよりも、お前はもっと自分の心配をしろ。取り返しのつかないことになったらどうするんだ」

「――ごめんなさい。父が不渡りを出したと聞いて、気が気でなくなって……」

「お前というやつは……」

呆れ顔でため息をつかれ、ジュリアは身体を小さくした。

「私は今日、お前のためにロレンス領からアルバンまで馬を走らせたのだぞ」

「ごめんなさい……」

申し訳なく思いつつも、ライデンが来てくれたことが嬉しくてたまらない。

ジュリアがピンチに陥ったときに馬で助けに来てくれるなんて、王子様みたいだ。

（大好き）

「あの……ライデン様」

「なんだ」

やや疲れた表情をするライデンをそっと上目遣いで見つめた。

「私、ライデン様が好きです……」

告白に、ライデンは盛大なため息をついた。

ジュリアが屋敷に連れ戻されると、ジゼルが目にいっぱいの涙を浮かべて待っていた。

「あなたって子は……ッ。勝手に居なくなったら心配するじゃないの！」

涙声で叱りつけながらも、ジュリアをふくよかな身体に抱きしめてくれた。

「心配かけてごめんなさい」

「本当よっ！　今度したらもっと叱ってあげますからね!!」

まるで母親みたいな口調がこそばゆくて嬉しかった。

「ジゼル、今はその辺にしてくれ」

ジュリアを囲う腕を引きはがし、ライデンが自分の腕の中にジュリアをしまった。

「はいはい、分かっていますよ。ライデン様もいよいよ生涯の番を見つけられたのですね」

番って、何？

聞き慣れない単語に目をまたたかせるも、「邪魔はするな」と言い置いて、ジュリアを抱き上げた。

「きゃあっ！」

横抱きにされて連れられた先は、浴室だった。

潤沢な資産を持つロレンス公爵家の浴室は、あらかじめある程度タンクにお湯を溜めていて、蛇口を捻ればそこからお湯が出るのだ。

ライデンは蛇口を捻り、盛大に湯を出すと、その中にジュリアを放り込んだ。

「や――ッ、な、何するんですか？」

「私のものをどうしようと、お前に文句を言われる筋合いはない」

ふてぶてしい口調に文句を言う前に、ライデンも浴槽に入ってきた。

「ライデン様、服が濡れてますっ」

「お互い様だな」

何を暢気なことを言っているのだと思う間に、ライデンの手がジュリアの服にかかった。

「ま……、待ってください！」

「散々人を振り回しておきながら、まだ待てと言うのか。――いいか、よく聞け。〝待つわけないだろう〟」

頭の上からもお湯がどんどん降り注いでいる中、お仕着せがどんどん脱がされていく。ライデンもまた自分の服を脱いでいった。露わになったたくましい裸体は直視するにはあまりにも眩しすぎる。思わず目を逸らした。

「私に言うことがあるだろう」

「――勝手なことをしてごめんなさい」

「まったくだな。援助が必要ならお前の近くに最適な男が居るだろう」

「……ライデン様が起きたら話すつもりでいたんです。でも、その前にドロテ様と会って……」

「あの女の口車にのせられたというのか」

呆れ口調に、ただただジュリアは謝るしかなかった。

「――ごめんなさい」

「出ていけと言ったときは、梃子(てこ)でも動かなかったくせに、手放したくないと思った途端、離れていく。つくづく、お前は私の理解の範疇を超えている。捕まえたと思っても、この様(ざま)だ。おかげで、この半日はお前のことばかり考えていた。――思い知らされた。ジュリア、お前を得られるのなら、何だって差し出そう」
信じられなかった。

ライデンの告白に心が震える。

(私のことばかり考えてるって……)

夢なら醒めないで。

ライデンが大切だから、手を伸ばすことができなかった恋が今、実ろうとしている。でも、その前に確かめなければいけないことがあった。

「――アデール様のことは、もういいんですか？」

人生を変えてしまうほど彼の心に深く入り込んでいた人を忘れてしまえるのか。

「好きだった。だが、お前を愛して分かったのだ。アデールに感じていた情は、似た境遇で育った者同士の同族愛だ」

「だから、忘れるの……？」

「違う。思い出になるのだ。私は生涯彼女を忘れない。私の一部となるだけだ。こんな私がお前に愛を乞うのは許されないか？」

ジュリアは夢中で首を横に振った。

「……私のこと……好きなんですか？」

美しい双眸を食い入るように見つめながら、答えを待った。

ライデンが目を細める。

「ジュリアにしかこの身は滾らない。ジュリアを思うだけで、心が乱される。お前の行動一つに振り回されることが腹立たしくて、ジュリアの笑顔に満たされる。ジュリアが可愛い、誰にも触れさせたくない。翡翠色の瞳は生涯私だけを映していてほしい」

ライデンが顎を摑み、指で唇をなぞった。

「この唇から愛を受ける特権を、私に授けてほしい」

何度も唇を撫でながら、切なげな眼差しで懇願された。

いつから彼はこんなふうに感情を見せてくれるようになったのだろう。

「ジュリアは私の光だ」

こんな自分でも誰かに必要とされる。愛されることができるのだと思うと、幸せで涙が出た。

「そしたら……あなたはもう寂しくない……？」

「あぁ」

「私の声を聞いてくれますか？　たくさん話しても嫌がらない？」

「ジュリアを愛しているからな」

「――ッ、私にもいつかフェリーチの花をくれる？」

「ジュリアが望むだけ」

愛しい人の顔が涙で煙って見えない。

ジュリアは腕を伸ばし、ライデンに抱きついた。

「嘘よ、何にも要らない。ライデン様が居てくれるなら、それが私の幸せなのっ」

だから、お願い。

ずっと私を好きでいて。

想いを込めて強く抱きしめた。

「愛してる」

耳に吹き込まれた愛の告白に、ジュリアの心はいっぱいになった。

「私も……愛してる。ライデン様に私の全部をあげたい」

囁きと同時に、唇が奪われた。

歯列を割り、入ってきた肉厚の存在が口腔をなで回す。

「ふ……んん」

明け方まで愛された身体は、すぐに快感に目覚めた。

上顎を擦られるだけで、身体が疼く。

動くたびにお湯が波打つ。

「ライデン様……お湯、止めて。苦しい……」

「あとで」

露わになる乳房にライデンがしゃぶりついた。先頂を舌で転がされる感覚に、口からは短い嬌声が絶え間なく漏れる。

「ん……、ん……ぁっ」

身体をなぞる大きな手が秘部に触れた。

「はぁ……っ、ん……ぁ、あ……」

陰唇を二、三度くすぐり、太い指が蜜穴に潜り込んでくる。

「やぁ……っ、中にお湯が……入ってきちゃ……うっ」

「それは大変だ」

言うなり、指が二本に増やされた。

内壁を擦られる刺激にびくびくと身体が震える。ライデンの指が腹部側の壁を摩擦した。

「ひ……ッ、そこ……待って……ッ」

粘膜を押すように刺激されると、秘部が指を強く締めつけた。

「あぁ、いい子だ」

悦に入った声音であやすように囁くも、その手はジュリアを追い上げることに夢中だ。

「は……ぁ、ンっ。駄目……あぁっ！」

「何が駄目なんだ。ジュリア、教えてくれないと分からない」

「そ……んなっ、だって……」

「早く言わないと奥まで湯が入るぞ」

「やぁ……っ、待って」

ジュリアのいいところばかりを責める悪辣な指を止めたくて、手を伸ばした。だが、たくましい腕をジュリアの細腕がどうにかできるはずもなく、添えるだけの格好になってしまった。

「もっとか？」

「ひぁあ……ッ、違……うの。お願い……、……て」

「ん？　聞こえないな」

足先からせり上がってくる覚えのある感覚に、身体が期待している。この先にある恍惚を味わいたいと、忙しなく秘部をひくつかせていた。

止めて。

そう言いたいのに、身体は悦楽を求めていた。

「……し……て、もっと……して……ッ」

涙混じりの哀願に、ライデンの双眸が蠱惑的に煌めいた。

「あ、あ――ッ、あぁ……ッ!!」

速くなった律動にがくがくと身体が揺れる。快感を逃すまいと無意識に下肢を踏ん張り、腰に力を込めた。

きゅうっと秘部が締まる。より鮮明に指からの摩擦を感じた刹那、それは弾けた。

「んんッ!!」

頭の中が真っ白になるくらいの絶頂に、身体が歓喜に震えた。浅い息づかいを繰り返しながら、足りなくなった酸素を必死で取り込む。

悦楽をもたらした腕を摑む手に力を込めながら余韻に耐えていると、ライデンが口づけをくれた。

「上手だ」

唇を啄み、何度も褒めてくれる。

寛げた下衣からは、雄々しく力を漲らせている欲望がそそり立っていた。

性交に嫌悪感を持っていると言ったライデンが、自分には欲情してくれる。

その事実がたまらなく嬉しかった。

ジュリアは息も整わないうちに、身体をすり寄せた。

早く彼を全身で感じたい。

秘部から溢れる粘ついた蜜を、ライデンの欲望に擦り付けるように腰を揺らした。

はしたないと思われても、愛されている現実を実感したかった。

「ん……ッ」

亀頭がめり込んでくる。分厚いえらを呑み込む苦しさは何度体験しても辛い。けれど、

苦痛すら今はジュリアに幸福を感じさせてくれた。ゆっくりと腰を下ろして怒張を呑み込んでいく。ずぶずぶと内部を犯していく感覚にジュリアは吐息をついて、陶酔した。

圧迫感が愛おしいなんて知らなかった。

すべて埋め込めば、心も身体もライデンで満たされた。

頭から降り注ぐ温水が、優しい雨のようだ。窓から差し込む陽光の煌めきが眩しい。

なんて綺麗な光景だろう。

「ライデン様、顔を見せて」

ゆっくりと向けられた秀麗な美貌に、孤独は感じない。

「よかった……」

心の底から安堵した。

これからは自分が彼を癒やしてあげられる。

「大好き」

告白に、ライデンが嬉しそうに微笑んだ。

冗談じゃない。どうして私がこんな目に遭わなければいけないの。

ドロテは鬱蒼と茂る森の中を走っていた。

後ろからはドロテが捨てた飼い犬たちが、野犬と化して追いかけてくる。彼らはいつの間にこの山まで流れてきたのか。いや、今はそんなことよりも――。

（一体、私が何をしたというの）

ロレンス公爵家の屋敷にある地下牢に閉じ込められていたはずなのに、気がつけば、森の中に倒れていた。

（私が必要ないですって――!?）

誰のおかげでロレンス公爵になれたと思っている。

先のロレンス公爵の愛人となったのも、ライデンを生んだのも、すべて自分を世間に認めさせるためだ。

（私が何をしたというの？　すべて、ロレンス公爵家のためにしたことよ？）

貴族だろうと金に困った者たちは大勢いる。地位の高そうな貴族をそそのかし、その令嬢たちをライデンのもとへ送るのは造作もないことだった。

ライデンが継嗣を作れば、自分の血がロレンス公爵家に脈々と受け継がれるのだ。

それは、なんという法悦だろう。

だが、ライデンはドロテを見限った。しかも、二度もだ。

許せない。

やり直しだ。出直して、ジュリアを懲らしめてやらないと。

山道を探し、森を彷徨い歩いてしばらくしたときだった。後ろからドロテを付け狙う気配があった。

「はぁっ、はぁ！」

息が切れる。足ももつれる。

なぜ誰も助けてくれないのだろう。

「――ッ!?」

気がつけば、崖の際まで追い詰められていた。

後ろには今にも飛びかからんとする野犬たちが居る。ドロテはやけくそになって落ちていた石を握りしめた。

群れに向かって大きく振りかぶった次の瞬間。

雄叫びを上げながら、野犬と化した猟犬たちがドロテに襲いかかった。

「きゃあ――――ッ!!」

獣と絡み合いながら落ちていく姿を、一匹の狼が静観していた。

終章

王宮では盛大な舞踏会が開催されていた。

ジュリアの装いは、ライデン自らが選んだものばかり。燦然と胸元を飾る七色の宝飾はもちろんスピリカルトだ。

金色の髪を引き立たせるブリリアントブルーのドレス。細い腰にはライデンの腕が絡まっている。

贅を尽くしたドレスと、あのロレンス公爵を夢中にさせている令嬢として、ジュリアは今や社交界きっての有名人となっていた。

というのも、ライデンが人目をはばかることなくジュリアを溺愛するからだ。

どこへ行くにも必ずライデンが同行し、見ていられないほどジュリアを可愛がる。

おかげで、ジュリアのもとには毎日貴婦人や令嬢たちからのお茶会への招待状が山のように届く始末だ。

ライデンはジュリアの願いを聞き入れ、ロッソ商会への援助を申し出てくれた。だが、父はライデンの申し出を断り、ジュリアが受け取っていた小切手だけを持って、家族とともに空気が綺麗な山奥の街へ引っ越すことを決めていた。

そこで、四人で一から出直すと言っていた。

メアリーはジュリアと一度も顔を合わせようとはしなかったが、いつか、分かり合える日がくることを願っている。

「あなたがこんなに甘えたがりだったなんて知らなかったわ」

呆れた声でぼやくも、ジュリアを膝にのせて寛ぐライデンは平然としたものだった。

「恥ずかしいから離してほしいんだけれど」

「ここに、私とジュリア以外、誰が居るというのだ」

「それは……そうだけど」

ジュリアたちが居るのは、ボールルームから離れた休憩室の一つだ。

国王に謁見をすませると、ライデンはジュリアを連れて早々にこの部屋に籠もってしまったのだ。

その理由も、「ジュリアとの時間を邪魔されたくない」なのだから、困ったものだ。

イデアール伯爵から助けられたあと、ジュリアは父の回復を待って、改めてライデンのところに身を寄せた。

今度は使用人としてではなく、婚約者として迎え入れられたのだが、そこに至るまでも一悶着あった。

身分が違うから行けないとごねるジュリアに、ライデンはここぞとばかりにロレンス公爵の権力を使った。

なんと、国王にジュリアがライデンの婚約者であることを認めさせたのだ。おかげで、国王のお墨付きをもらったジュリアを表立って悪く言う者は居なくなった。

その結果が、これだ。

ライデンはジュリアへの愛をいかなる場所でも惜しみなく捧げるようになった。

はじめこそ眉をひそめていた貴族たちも、ライデンの変貌ぶりに興味津々で、次第にジュリアたちの関係は社交界に受け入れられるようになった。

ライデンの奇策は思わぬ幸運をもたらし、ロレンス公爵家の人手不足も解消しつつあると、キースもジゼルも大喜びだ。

元から人目を気にする人ではなかったが、輪をかけて無頓着になってしまったライデンの目にはジュリアしか映っていない。

それを嬉しいと思いつつ、その溺愛ぶりには不安も感じている。

ロレンス公爵は品行方正、冷静沈着で、いかなるときでも公平な判断を下せる者でなければならない。

こんな色ぼけしたままでいいのだろうか。

じっとりした眼差しで嬉しそうにジュリアの肩に口づけるライデンを見た。

「——脱がさないでくださいね」

先に釘を刺しておかなければ、いつ淫らな行為を始めるか分からない。

この調子では、子が宿るのも時間の問題だった。

「それは、ジュリア次第だ」

「どうして私次第になるんですか？」

「ジュリアが可愛すぎるからだ」

こんなふうに、いけしゃあしゃあと恥ずかしいことを言う人だったろうか？

「私を癒やしてくれるのだろう？」

腰を引き寄せられ、下から覗き込むようにライデンが見上げてくる。

黄褐色の綺麗な双眸が甘く煌めくのを、ジュリアはうっとりと見つめ返した。

この目に見つめられると、たまらなくなる。

ライデンへの愛おしさがこみ上げてきて、つい触れ合いたくなるのだ。

「ええ、癒やしてあげる」

囁き、ジュリアからそっと口づけた。

あとがき

こんにちは。宇奈月香です。

この度は『冷酷公爵の歪な寵愛』をお手に取っていただきありがとうございました。

私は一つの作品を作るとき、頭に浮かんだ一場面から物語を作っていくのですが、今回の場合は、山道でジュリアがライデンに置き去りにされる場面がそうでした。ヒロインがヒーローを罵倒するあの場面です。だったら、ヒロインは元気な女の子でなくちゃ。ヒーローはちょっとつれない感じにしたいな。そして、一度は長髪ヒーローを出してみたい！

おかげさまで私の願望がこうして形になりました。

とはいえ、今回はヒーローが最初からヒロインを好きだったわけではなく、むしろヒロインが頑張らなきゃいけない立場だったので「恋愛ってどうするんだっけ？」と書いている間はひたすら頭を恋愛脳にすることに徹していました。相手のちょっとした優しさにときめいたり、つれない言動に傷ついたり。色んなところから不安を拾ってきては心揺さぶられたりと、目一杯ジュリアになってみたつもりです。

氷堂(ひどう)れん先生の描いてくださったジュリアとライデンを見ていると、本当に幸せな気持ちになります。ジュリアは私が想像していた以上に可愛いし、ライデンの色香が凄い。私もライデンの耳を触ってみたい、とか思っていました。

氷堂先生、素敵なイラストをありがとうございました。

そして、今回もぎりぎりまでご迷惑をお掛けしてしまった担当様、なかなか思い描く方向に進めない私をいつも根気よく盛り上げてくださり、ありがとうございます。

最後になりましたが、本作にたずさわってくださった皆様にこの場を借りてお礼申し上げます。

なにより、お手にとってくださった皆様、本当にありがとうございました!

宇奈月香

この本を読んでのご意見・ご感想をお待ちしております。

◆ あて先 ◆

〒101-0051
東京都千代田区神田神保町2-4-7 久月神田ビル
㈱イースト・プレス　ソーニャ文庫編集部
宇奈月香先生／氷堂れん先生

冷酷公爵の歪な寵愛

2018年8月5日　第1刷発行

著　　者	宇奈月香
イラスト	氷堂れん
装　　丁	imagejack.inc
D T P	松井和彌
編集・発行人	安本千恵子
発 行 所	株式会社イースト・プレス 〒101-0051 東京都千代田区神田神保町2-4-7 久月神田ビル TEL 03-5213-4700　　FAX 03-5213-4701
印 刷 所	中央精版印刷株式会社

ISBN 978-4-7816-9629-4
定価はカバーに表示してあります。